THOMMIE BAYER
Der langsame Tanz

Buch

Martin ist das beliebteste Akt-Modell der Akademie. Sein schöner Körper zieht die Künstler an. Besonders Anne ist wie besessen von Martin und macht ihn zum ausschließlichen Motiv ihrer Bilder. Schon bald kommen sich die beiden auch privat näher – allerdings durch einen ziemlich unerwarteten Umstand: Als Anne ihn bei ihrer Arbeit ein bißchen zu intensiv betrachtet, wird für Martin der Alptraum eines jeden männlichen Akt-Modells zur peinlichen Realität ... In Panik flieht er aus der Kunstakademie, doch schon am selben Abend steht Anne vor seiner Tür. Von Anfang an fühlen sich die beiden magisch zueinander hingezogen, und schnell geraten Malerin und Modell in eine wechselseitige Abhängigkeit: Sie realisiert ihre erotisch aufgeladenen Bilder wie im Rausch, er träumt sich mit wachsender Intensität in die Rolle ihres Liebhabers – und ahnt dabei nicht, was Anne in ihrer rückhaltlosen Besessenheit vorhat ...

Autor

Thommie Bayer, 1953 in Esslingen geboren, studierte Malerei an der Kunstakademie in Stuttgart. Von 1978 bis 1988 trat er als Liedermacher hervor und hatte Hits wie »Der letzte Cowboy kommt aus Gütersloh«. Seit 1985 veröffentlicht er Stories und Romane und wurde 1993 mit dem Thaddäus-Troll-Preis ausgezeichnet. Sein Roman *Spatz in der Hand* wurde 1996 erfolgreich fürs Fernsehen verfilmt.

Bisher bei Goldmann erschienen:

Der Himmel fängt über dem Boden an. Roman (43026)
Der neue Mann und das Meer. 30 Typen wie du und er (42820)
Spatz in der Hand. Roman (42313)

Thommie Bayer
Der langsame Tanz

Roman

GOLDMANN

Umwelthinweis:
Alle bedruckten Materialien dieses Taschenbuches
sind chlorfrei und umweltschonend.

Der Goldmann Verlag
ist ein Unternehmen der Verlagsgruppe
Bertelsmann GmbH

Taschenbuchausgabe 11/1999
Copyright © der Originalausgabe 1998
by Eichborn GmbH & Co. Verlag KG, Frankfurt/Main
Umschlaggestaltung: Design Team München
Umschlagmotiv: Uli Gleis
Satz: IBV Satz- und Datentechnik GmbH, Berlin
Druck: Elsnerdruck, Berlin
Titelnummer: 44324
BR · Herstellung: Sebastian Strohmaier
Made in Germany
ISBN 3-442-44324-5

1 3 5 7 9 10 8 6 4 2

Für Jone

Ein Mädchen träumt, sie wäre wach
und hinge ihren Träumen nach

26.

Befreit? Aber wovon denn? Von der Zeit etwa? Blödsinn. Zeit ist abstrakt. Man wird sie nicht los, indem man eine Uhr wegwirft. Und doch, er fühlt sich so, als ginge er auf Einlegesohlen aus Luft. Vier Millimeter höher. Und wenn er sich nur selbst damit beeindruckt hat: Eine Dreihundertmarkuhr einfach so fallenzulassen war eine erlösende Tat. Den Trick merk ich mir, denkt er, im Trauerfall die Uhr in den Gully, und schon ist im Paß der Eintrag »Körpergröße« falsch.

Trauerfall? Aber ohne mich. Ich werfe nur Ballast ab. Die Uhr war ein Geschenk von Marianne. Wozu sich jetzt noch mit Gewichten belasten, die sie mir angeschnallt hat? Brauchst du mich nicht, dann brauch ich deine Uhr nicht. So einfach ist das. Und so wohltuend. Nur eine Geste. Ein Symbol. Nur Imponiergehabe ohne Publikum, und doch so befreiend wie ein Zug an der Krawatte.

Er hat die Uhr vom Handgelenk gestreift und sie, zwischen Daumen und Zeigefinger baumelnd, über dem nächsten Kanaldeckel der Schwerkraft überlassen. Ab in die Kloake mit Mondphase, Datum und Sekundenzeiger. Tschüß Eidechsband, und Tschüß vor allem: Marianne.

Er ist irgendwo im Elsaß. Wo genau, das weiß er nicht, denn bei der Einfahrt ins Städtchen hat er das Ortsschild übersehen. Erst der Anblick eines schlanken, blaßroten Turms, umgeben von blumenbewachsenen Häusergesichtern, verlockte ihn zum Halten. Nun steht er auf dem Marktplatz und wird seiner Nase folgen auf der Suche nach einer Tasse Milchkaffee.

Und er ist irgendwo in seinem Leben und weiß auch hier nicht, wo genau. Er sieht sich stehen und spürt sich fahren, ohne Gewißheit, welches von beiden, Anblick oder Gefühl, der Wirklichkeit entspricht. Er könnte im Auto sitzen und sich vorstellen, er stünde hier und stellte sich vor zu fahren. Seit vier Tagen ist er schon in diesem Zustand.

Das Tempo des Films, dessen Zuschauer und Darsteller er ist, hat sich verdoppelt. Als habe Gott mal eben etwas in der Zukunft nachsehen wollen und den Videorecorder auf Schnellvorlauf geschaltet. Und entweder ist Gott eingeschlafen oder hat noch immer nicht gefunden, wonach er sucht. Das Tempo jedenfalls hält an.

Ein schlichter Zettel auf dem Küchentisch: *Ich bin jetzt erst mal zwei Wochen weg, und dann ziehe ich zu Volker. Komisch, ich habe das Gefühl, Du verstehst mich. Versuch, nicht zu verzweifeln, und bewahre Deine Schönheit. Anne.*

Verzweifeln. Was für ein Witz. Diese angeberische Lakonie. Auch sie versucht, sich selbst zu imponieren. Er kaufte im Trekkingladen um die Ecke ein kleines Beil und schlug es mitten durch den Zettel in die Intarsien der Tischplatte. Mit einem Grinsen auf dem

Gesicht. Bezeugt vom ehrlichen Spiegel. Hoffentlich ist dir das verzweifelt genug, dachte er und überlegte, ob er noch ein wenig rote Farbe darüber träufeln sollte. Statt dessen entschied er sich dafür, den ehrlichen Spiegel zu zertrümmern. Zum Rasieren würde auch der unehrliche im Flur genügen. Was tat es, wenn er schlierig und verzerrt darin erschien?

Und am nächsten Morgen dieser Brief einer »Basler Kantonalbank«: Herr Martin Bodinek, geboren am 5. Oktober 1958, solle sich bitte persönlich mit dem Unterzeichneten in Verbindung setzen, betreffend ein Guthaben, von dessen Existenz er möglicherweise bislang nicht unterrichtet gewesen sei.

Dieser Tag verging wie eine Stunde im Planetarium. Alles in der Wohnung und alles außerhalb schien fremd und fern und ohne entschlüsselbaren Sinn. Es machte keinen Unterschied, ob er in die Splitter des ehrlichen oder den Seegang des unehrlichen Spiegels starrte, heraus schaute, einmal zerschnitten und einmal verzerrt, ein entgeisterter, ihm unbekannter Kopf.

Der dritte Tag im neuen Tempo brachte einen Umschlag von Marianne mit ein paar Geldscheinen, ihrem Anteil an der Miete. Einen, den kleinsten, zerriß er und verteilte die Schnipsel um das Beil. Die mischten sich dekorativ mit den Spiegelscherben und fügten dem Arrangement der Verzweiflung eine Spur Hohn an. Er drehte ein paar Bücher in der Hand, steckte seinen Ausweis ein, nahm zwei Pullover und etwas Wäsche unter den Arm und ging, ohne die Tür abzuschließen. Eine Chance für die Diebe.

»Tschüß Hamburg«, rief er hinüber zu den Schiffen, und »Tschüß Marianne Borowsky«, murmelte er, als er ihre Sonnenbrille aus dem Handschuhfach nahm und in Richtung Grünstreifen aus dem Fenster warf. Entschuldigung: Anne Boro. Eine Künstlerin heißt ja nicht Marianne. Und schon gar nicht Borowsky.

Je weiter nach Süden er kam, desto heller wurde der Himmel, und ab Northeim erinnerte er sich wieder daran, wie ein Mai in seiner Kindheit ausgesehen hatte. In Hamburg erkennt man ihn an Leuten, die mit zugeklapptem Schirm durch den Nieselregen gehen. Kurz hinter Göttingen gab es keine Wolke mehr am Himmel.

Und ab Heidelberg war er glücklich.

Irgendwo hinter Karlsruhe verließ er die Autobahn, verlockt von einem Schild mit dem lakonischen Hinweis »Frankreich«. Er fuhr langsamer über Landstraßen und genoß die warme Luft des Nachmittags.

Die Kassette mit »So long Marianne« schien ihm übertrieben gut zu passen; einen Film, der ihm so etwas anzubieten wagte, würde er abschalten. Aber das Leben schert sich nicht um Glaubwürdigkeit und nicht um Rezensionen, und »So long Marianne« war seit langem schon sein Lieblingslied. Schon lange vor ihr war es das gewesen und würde es auch lang nach ihr noch sein. Er ging pfleglich damit um. Es hatte eine Kassette nur für sich allein, und er hörte es nicht immer, wenn er wollte. So verlor es nicht sein Leben vor der Zeit.

In Haguenau nahm er sich ein Hotel. Zum ersten Mal in seinem Leben ließ er sich den Entschluß nicht vom

Zimmerpreis diktieren, sondern von der Schönheit der Fassade und –des Eingangs. Da waren Blumen vor den Fenstern und eiserne Balkone, und er lehnte sich an die Theke, um zu fragen, ob es ein Zimmer gäbe. Und nicht, was es denn koste.

Das Zimmer lag zur Straße. In der einfallenden Dämmerung saß er auf der Bettkante und lauschte dem Klang des städtischen Abends: das Lachen junger Frauen, Gespräche, Schritte, Hupen aus der Ferne und, seltener, das Jaulen hochtouriger Kavalierstarts. Und all das auf französisch.

Er ging, hungrig geworden, hinaus und schlenderte, die Augen überall, durch den Orchestergraben zwischen den Musikanten des eben gehörten Konzertes hindurch. In einer Pizzeria fand er Platz ganz hinten an der Wand. Er saß gerne so. Mit der ganzen Besetzung der alltäglichen Seifenoper vor Augen und nichts mehr von Bedeutung hinter sich. Er bestellte sich ein Essen und fühlte zum ersten Mal seit Tagen, daß das Tempo des Geschehens wieder abnahm.

Es war zehn Uhr vorbei, als er, weich vom Wein und müde von der Fahrt, zum Hotel zurückging und hoffte, den letzten Satz der Haguenauer Abendsinfonie nicht verpaßt zu haben. Und sogar damit hatte er Glück.

Bei gelöschtem Licht saß er am offenen Fenster und dachte sich Gesichter zu den Stimmen und Geräuschen, und keines der Gesichter hatte Ähnlichkeit mit Annes.

Erst als von draußen fast nichts mehr hereinklang, legte er sich nackt zwischen die Laken. Der kühle Stoff an seiner Haut, das leise Rascheln, wenn er sich bewegte, und der feine Geruch nach Stärke oder Waschmittel hatten etwas Tröstliches an sich. Das fiel ihm auf, obwohl er keinen Trost brauchte. Er dachte nicht an Anne.

Kurz vor neun am anderen Morgen erwachte er vom Rumpeln der Wäschewagen und den Stimmen der Zimmermädchen auf dem Flur. Da war ein Schatten hinter seinen Augen, er hatte irgendwas geträumt, aber eins war sicher: nicht von Anne.

Der Wagen wird jetzt erst mal meine Heimat sein, dachte er beim Anlassen des Motors und gleich darauf: wieso Heimat? Und dann: wieso nicht? Er lächelte nachsichtig über die innere Diskussion und sagte laut: »Du bist jetzt erst mal meine Heimat.« Ihm war, als brumme der Motor eine Antwort. Er tätschelte das Armaturenbrett wie immer, wenn ihm auffiel, daß der Wagen noch lief: »Wir verreisen jetzt, mein Alter. Wir sehen uns die Gegend an.« Und diesmal war das Antwortbrummen deutlich.

Und nun sitzt er auf einem Plastikstuhl, und eine Frauenstimme sagt: »Voilà der Café Crème, bitteschön.«
Den Arm, der die Tasse vor ihn stellt, verfolgt er nicht mit dem Blick bis zum Gesicht der Kellnerin, sondern sagt nur: »Mmh, merci« und beugt sich über den Tisch, um zu trinken. Und staunt, daß er glücklich ist. Und nicht, wie er es sein müßte, am Boden zerstört.
Liebe, geht ihm durch den Kopf, das ist auch so ein Wort wie Heimat, man darf es allenfalls mit ironischer

Theatralik oder einem Schulterzucken aussprechen. Aber wenn dieses Wort je etwas in seinem Leben zu Recht beschrieb, dann sein Gefühl für Anne. Er hätte sie nicht verlassen. Sie dachten dasselbe im selben Moment, sie redeten in Kürzeln, ahnten jede verschorfte Wunde des anderen und jeden Ort der Lust. Sie waren eine Seele in zwei Körpern. Gewesen.

Und jetzt? Er versteht dieses Glücksgefühl nicht, mißtraut seiner eigenen Empfindung. Ist er verzweifelt und weiß es nur nicht? Fühlt er sich glücklich, zum Singen, zum Johlen, zum Küssen fremder Menschen, nur um nicht die Wahrheit zu spüren? Ist das eine Art Schutz? Aber nein. Was für ein Blödsinn. Man fühlt, was man fühlt, denkt er, ich bin glücklich.

Zum Küssen fremder Menschen? Dieser eiligen Dame mit dem zielbewußten Schritt? Wenn er ihr einfach entgegenginge, sie küßte und mit fröhlichem Gleichmut ihre Ohrfeige kassierte? Sie würde ihm eine kleben, das steht fest. Sie lebt hier, man kennt sie, ohne Gegenwehr kann sie sich nicht in aller Öffentlichkeit küssen lassen.

Und wenn er sich gleich eine zweite Ohrfeige verdiente mit den Worten: »Dieser Kuß ist für das verzagte Wippen Ihrer Brüste«? Aber nein. So weit reicht sein Französisch nicht. Obwohl, hier ist das Elsaß, hier spricht man auch Deutsch. Aber er ist nicht der Mensch, der Ohrfeigen einsteckt. Und die Dame ist nun ohnehin vorbei.

Das verzagte Wippen ihrer Brüste, denkt er, ist notiert, das kann ich irgendwann gebrauchen. Fehlt mir nur noch der Mut dazu. Er schaut ihr nach und bildet sich ein, sie kenne seine Gedanken. Je kleiner sie wird auf der langen geraden Straße, desto besser gefällt ihm die Vorstellung, sie habe Verbindung mit ihm aufgenommen, lasse sich beim Gehen ein wenig mehr als üblich in die Hüften fallen und sauge seinen Blick mit ihrer Rückenpartie auf.

Präsenil, denkt er. Peinlich, präsenil, glücklich und reich. Glotzt Frauen hinterher und glaubt sich noch verführt dabei. Vielleicht hält sie ihr Tränengas-Spray nur deshalb nicht umklammert, weil es Tag ist und sie jederzeit Hilfe bekäme.

Der Gedanke an das viele Geld sitzt ihm wieder auf dem Zwerchfell, und er atmet vorsichtig, um ihn nicht abzuwerfen.

Der Notar hatte damals dringend geraten, die Erbschaft auszuschlagen. Da sei nichts zu erwarten als ein Berg von Schulden, den man bis ans Lebensende nicht würde abtragen können. Martin war diesem Rat gefolgt und hatte sich bei der Beerdigung nach mißgünstigen Gesichtern umgesehen. Da waren einige, und er fühlte so etwas wie Stolz. Die hast du abgehängt, Papa, dachte er, und so fremd ihm sein Vater gewesen war, dieser Gedanke barg ein kleines, verspätetes Bündnis. Hoffentlich hast du keine Armen reingelegt, ging ihm dann noch durch den Kopf, aber die Leute auf dem Friedhof sahen nicht aus, als wären sie am Ende.

Und nun tauchte wie der Schuh eines Ertrunkenen dieses Nummernkonto auf. Sehr diskret mußte die Bank nach ihm gesucht haben, so diskret möglicherweise, daß sie selber nichts von der ausgeschlagenen Erbschaft wußten. Oder hatte sein Vater das alles so geregelt? Hoffentlich war es nicht nur der Fehler irgendeines jungen Sachbearbeiters, der einfach noch nicht wußte, wie das geht. Nicht wußte, daß das Geld den Gläubigern gehört, und sich deshalb an den Sohn gewandt hatte.

Auf einmal hat er es eilig. Wenn das wirklich nur ein Fehler war, dann kann der entdeckt werden. Martin muß vorher in Basel sein.

Seine Augen gewöhnen sich nur langsam an das Dunkel im Café. Er stößt an einen Stuhl und entschuldigt sich ins Leere, denn erst jetzt taucht die Bedienung im Lichtfleck einer Tür auf. Im Raum ist kein einziger Gast.

Ein Landschaftsbild mit Kühen hängt schief und ungeliebt hinterm Tresen an der Wand. Der Rahmen barock und abgestoßen. Das könnte fast ein Fattori sein. Das ist ein Fattori! *Gio. Fattori* unten rechts, keine Jahreszahl, wie es typisch für die frühen Bilder ist. Der Druck auf Martins Zwerchfell hat sich vervierfacht. Das wissen die nicht, geht ihm durch den Kopf, mach ein Pokergesicht.

»Ist hübsch, das Bild da«, sagt er leichthin. »Ich sammle Kühe. Verkaufen Sie's mir?«

»Das da?« Die Bedienung dreht sich nicht einmal um nach dem Bild. »Das hängt schon immer da.«

»Muß ja nicht, ich nehms Ihnen gern ab.«

»Da muß ich den Chef fragen.«

Zum Glück sprechen die Deutsch hier, denkt er, das hätte auf Französisch nie so echt geklungen. Er atmet tief und leise ein und wieder aus. Die Bedienung ist verschwunden. Vier Atemzüge später tritt sie zusammen mit einem drahtigen Mann aus der Küchentür. Der Mann wischt sich die Hände an einer blauen Schürze ab und folgt mit den Augen einem Fingerzeig der Kellnerin, erst auf Martin und dann auf das Bild.

»Das da wollen Sie kaufen?«

»Mhm.«

»Ist es denn was wert?«

»Das weiß ich nicht«, sagt Martin, »aber hübsch ist es wohl. Ich sammle Kühe.«

»Eine echte können Sie auch haben«, sagt der Wirt und lacht. »Was wollen Sie mir denn geben für das Bild?«

Vorsicht, denkt Martin, biete ich zuviel, dann hält er mich für einen Händler. »Dreihundert«, sagt er leichthin.

»Franc?«

»Ja, sicher.«

»Aber hören Sie«, der Wirt scheint Freude an dem Handel zu bekommen, »soviel kostet doch der Rahmen. Sind Sie Antiquitätenhändler?«

»Aber nein. Ich laß den Rahmen da. Mir gehts nur um die Kühe.«

»Ja, den müssen Sie aber schon mitnehmen. Den kann ich nicht mehr brauchen. Da häng ich einen Spiegel auf, einen größeren, sonst muß ich die ganze Wand streichen. Dreihundert Mark. Das kostet schon der Spiegel.«

»Na ja«, sagt Martin und zieht sein Geld heraus. Im Portemonnaie sind zweihundertfünfzig Mark und ein Hundertfrancschein. Das hält er dem Wirt mit fragenden Augen hin.

»Na, meinetwegen«, sagt der und hebt belustigt die Brauen. »Nehmen Sie's mit.«

Martin dreht das Bild in den Händen und zeigt seine Freude. Jetzt ein skeptisches Gesicht zu ziehen, wäre falsch. Er verdankt seinen Erfolg der Maske des verliebten Marginaliensammlers.

Der französische Grenzbeamte winkt ihn durch, und der Schweizer ist nur am Verkauf einer Vignette interessiert. Was sollte ein Deutscher auch in diese Richtung schmuggeln außer Geld?

In Basel nimmt er den erstbesten Parkplatz, direkt hinter dem Schweizer Bahnhof. Gündlingerstraße, ist notiert, denkt er und geht durch die lange Unterführung zum Taxistand. Den Fattori läßt er im Kofferraum liegen.

Ein Herr Meurer eröffnet ihm, die Summe von achtundneunzigtausendsiebenhundertfünfunddreißig Franken und zwölf Rappen solle laut Verfügung seines Vaters nur ihm oder einem blutsverwandten Nachkommen ausgehändigt oder überschrieben werden.

»Ausgehändigt«, sagt Martin.

In einer Plastiktüte, die Herr Meurer im Hause aufgetrieben hat, trägt Martin seinen Reichtum zur übernächsten Bank.

Eine Viertelstunde später besitzt er dort ein Konto und zwanzig Euroschecks dazu. Danke, Papa, denkt er, ich wußte gar nicht, daß du etwas für mich übrig hattest.

Er hat an der Grenze gewechselt und jetzt nur noch Franken in der Tasche. Was nun? Reich sein? Wie geht das? Was tut man mit so viel Geld? Er braucht nichts. Aber wie Sekt zu Silvester gehört Kaufen zum Geld. Er streift unschlüssig um die Auslagen eines Kaufhauses, bis er ein Jackett findet, das ihn angenehm verändert. Verändern ist gut, denkt er beim Bezahlen und schärft seinen Blick für Accessoires.

In einem Coiffeurladen bittet er die junge Frau: »Machen Sie es so, wie Sie mich schön fänden.« Das ist ein kleiner Flirt und macht Spaß.

Jetzt brennt die Lunte. Er sieht weiche, teure Schuhe und kauft sie. Und jetzt? Nein, keine Uhr. Aber ein Hemd und ein hellbrauner Aktenkoffer. Die Verwandlung ist perfekt. Jeder beiläufige Seitenblick in ein Schaufenster zeigt ihm nun einen Fremden, den keiner seiner Freunde wahrnähme. Vor allem Anne nicht.

Auch sein Auftreten hat sich verändert. Als er eine Galerie betritt, um zu fragen, wo man ein Bild schätzen lassen könne, ist sein Ton selbstbewußt und fordernd. Kein Zögern, keine Bitte, kein Lächeln in der Stimme und keins auf dem Gesicht. Und prompt hat der Galerist etwas Serviles im Benehmen, das Martins Lust, sich herrisch zu gebärden, noch verstärkt. Geld, denkt er, ist notiert. Es mindert tatsächlich die Beißhemmung.

Mit nichts weiter als der Adresse eines Versteigerungshauses im Aktenkoffer geht er zurück zum Bahnhof. Unterwegs kauft er ein Buch. Bis er beim Wagen angekommen ist, hat er den Koffer fast gefüllt. Mit einem Kugelschreiber, einem ledernen Notizbuch, einer Stange Zigaretten und einem schlanken silbernen Feuerzeug. Schöne Dinge, denkt er, jetzt bin ich einer, der schöne Dinge hat.

Das Versteigerungshaus ist geschlossen. Martin geht, das Bild unterm Arm, zur Bank zurück. Auf einmal ist ihm unwohl. Ein Original-Fattori, einfach so herumgetragen, muß doch Aufmerksamkeit erregen. Aber niemand, dessen Blick er zu entschlüsseln versucht, wirkt erstaunt. Trotzdem hat er ein Gefühl, als ob das Bild vibriere.

Als es endlich im Schließfach liegt, fühlt er sich wohler. Aber wieder hat er ein Ziel weniger, und wieder steht er unschlüssig auf der Straße. Ich habe Geld, denkt er, ich bin verändert. Aber ein bißchen mehr Selbstsicherheit und teures Zeug, ist das der ganze Unterschied?

Es ist Nachmittag, halb vier, ein sonnig blauer Tag, ringsumher nur hübsche, zufriedene Schweizer, und er steht mittendrin. Daß er jetzt einfach wählen kann, müßte großartig sein, und er nimmt sich vor, diesen Zustand auszukosten. Aber es ist nur eine Entdeckung, eine Information, ihm von irgendwoher zugeflogen, eher ein Gedanke als ein Gefühl. Kein Sensorium in seinem Körper ist dafür geschaffen, ein Wissen wie dieses zum Gefühl zu wandeln. Zu genießen ist da nichts, wenn er nichts tut.

Campari, was denn sonst, geht ihm durch den Kopf, als er sich in ein Straßencafé setzt. Schon glücklich will er sich jetzt nicht mehr nennen. Eher leer. Neutral. Mit ausgestrichener Vorgeschichte. Wie neugeboren. Daß man solche totbenutzten Formeln auch noch selber denkt. Wie neugeboren, so ein Scheiß. Aber was soll ich anfangen? Ich kann wählen, ich steh im Freien, ich habe die Augen geöffnet, und niemand schubst mich, zieht mich oder will etwas von mir. Irgend etwas werde ich tun. Aber was? Der Campari wird vor ihn auf den Tisch gestellt, ein Kassenbon diskret daruntergeschoben.

Die Gegend ansehen, denkt er, das ist schon mal nicht die schlechteste Idee. Mich an den Gedanken gewöhnen, daß meine Vergangenheit vorbei ist, und beschnuppern, was die Gegenwart mir bietet. Und die Kühle des nächsten Hotelbettlakens genießen. Den Fattori verkaufen. Und weitersehen. Zuckt da was? Zuckt da irgendein Gefühl, ein anderes als das Hochgefühl der letzten Tage, über meinen Solarplexus hinweg? Nein. Da zuckt nichts. Als eine Gruppe von Straßenmusikanten sich in der Nähe aufbaut, denkt er, genieß es, du bist frei, aber als sie »The Boxer« anstimmen, bezahlt er und geht.

War der Reiz des Neuen schon verflogen, oder lag es am Hotel, daß die Nacht in Basel ungewöhnlich trist war? Er freute sich weder an der Berührung mit der Bettwäsche noch an der dezenten Zuvorkommenheit des Portiers. Und vor dem Fenster erklang kein Konzert mehr. Es waren nur Geräusche.

Lag es daran, daß er vorher im Kino gewesen war, und das wirkliche Leben danach nur noch blaß und wie eine schlechte Kopie wirkte? Keine Kopie des Films, nein, eine von irgendwas, dessen Original er nicht einmal kennt. Oder lag es daran, daß er sich überlegte, eine Frau zu kaufen, sich dann aber weder dazu durchringen noch selber ernst nehmen konnte? Eine Frau kaufen. Schon die Formulierung, in der ihm der Gedanke zu Bewußtsein kam, war lächerlich. Und wie hätte er bezahlt? Mit einem Euroscheck? Eine Frau kaufen. Waren das die Kitschphantasien eines neureichen Versagers? Aber dann dachte er, wieso mach ich mich schlecht? Warum sollte ich mich lächerlich finden, wenn ich etwas ausprobiere, das meinen Freunden nicht gefiele? Ich brauche mir keine Zensuren zu geben, kann tun, was ich will. Aber will ich? Er drehte sich im Kreis und hoffte, daß ihm endlich schwindlig würde. Was rede ich eigentlich immer von Freunden, hörte er die eigene Stimme im Kopf, welche Freunde denn? Wann jemals hatte ich Freunde?

In der Altstadt fand er ein paar Gassen, die nach Rotlichtviertel aussahen, aber die stumpfen Gesichter der Männer und der Anblick einer besinnungslos betrunkenen Frau ließen ihn schnell wieder umkehren. Ich kenne mich hier nicht aus, sagte er sich, ich weiß nicht, wie das geht, und heute ist nicht der Tag, um den Parsival zu spielen.

Jetzt am Morgen ist der Himmel grau, und kleine Windstöße blähen die Verpackung des Bildes, als Martin wieder vor dem Versteigerungshaus steht.

»Hat es einen Herkunftsnachweis dafür?« fragt der Mann im Office. Also ist es echt.

Der Mann ist unfreundlich, seine Skepsis offensichtlich, und Martin denkt, sicher einer, der die Kunst liebt, aber nicht ihre Verkäufer.

»Nein«, sagt er, »es gehört mir. Ich habs gekauft.«

»Das ist mir zu unsicher. Ohne Herkunftsbescheinigung wird unser Haus das Bild nicht versteigern. Nachher stammt es noch aus einem Diebesgut.«

Brüsk nimmt Martin das Bild an sich und schlägt es wieder ein: »Was ist es wert?«

»Ja, dreißig- oder vierzigtausend, vielleicht auch fünfzig können Sie dafür schon erlösen. Ein italienisches Museum, vielleicht das in Florenz, bezahlt schon einmal soviel. Die sind dort stolz auf den Fattori.«

»Danke«, sagt Martin und geht.

»Wiederluege«, murmelt der Mann, und es klingt fast freundlich, so, als spräche er nicht Martin damit an, sondern das Bild.

Eine Herkunftsbescheinigung, was soll denn das beweisen? Irgendein Zettel mit irgendeiner Unterschrift. Der Mann ist nicht ganz dicht.

Der Galerist vom Vortag bietet ihm zwanzigtausend. Italienische Realisten hätten nicht gerade Konjunktur, und er könne höchstens ein Museum dafür interessieren, und die wiederum hätten keine großen Etats. Nach einigem Hin und Her sind sie bei fünfundzwanzig angelangt, und Martin wartet, bis das Geld von der Bank geholt ist. Vielleicht bin ich dumm, denkt er, wenn der mir fünfundzwanzig gibt, erwartet er noch mal soviel. Der denkt doch, ich will das Bild aus einer Scheidung oder Konkursmasse retten und bin deshalb mit jeder Summe zufrieden. Aber er will auch weg aus Basel und auf keinen Fall mit dem Bild im Kofferraum, denn in Wahrheit gehört es ihm nicht. Er hat es dem Wirt abgeschwatzt. Es ist fast ein Diebesgut.

Bei der Bank zahlt er zehntausend ein und legt achtzigtausend fest. Mit vierteljährlicher Kündigung. Das bringt Zinsen und wird seinen Leichtsinn bremsen.

Wieder durch das Elsaß fährt er diesmal nach Norden, denn am Morgen hat er sich für London entschieden. Er sucht das Städtchen von gestern und fährt die Strecke in Gegenrichtung. Als er das Café gefunden hat, schämt er sich einzutreten und kauft statt dessen im Laden gegenüber einen Briefumschlag. Dahinein legt er dreitausend Franken und gibt ihn der Bedienung für den Wirt.

Bevor sie noch im Haus verschwunden ist, hat er den Wagen gestartet und fährt. »Nach England«, sagt er, »ich zeig dir mal den Linksverkehr.« Der Wagen brummt.

Jetzt nicht, denkt er, als ihm die Kathedrale von Reims einfällt, und Paris kommt auch ein andermal dran. Er fährt bis Rouen, dort fällt er, ohne zu essen, todmüde ins Bett. Im Mund einen schlechten Geschmack von all den Süßigkeiten unterwegs, aber er putzt sich nicht einmal die Zähne.

Was er am anderen Morgen von Rouen sieht, verlockt ihn nicht zum Bleiben, und auch die Straßen von Le Havre führen direkt zum Fährhafen, wo er sich gleich ans Ende der kleinen Warteschlange stellt.

Das Fährschiff legt an, und das eben noch gelassene Dösen der Fahrer löst sich auf in laute und erwartungsvolle Betriebsamkeit. Kofferraumdeckel werden zugeschlagen, Fenster hochgedreht, Zigarettenstummel weggeworfen und Stereoanlagen leiser gestellt. Und wenn in einem der Autos, die jetzt ihre Motoren anlassen, eine Bombe liegt? Vor jedem Tunnel und in jedem Fahrstuhl huschen ihm solche Gedanken durch den Kopf. Ein Knall, Schreie, Qualm, die Leute springen von der Reling, und vom Ufer tuckern viel zu langsam Feuerwehrschiffe heran; die Fähre kippt, und Blech und Leben, alles, was nicht vorher schon herausgeschleudert wurde, reißt einander brüllend in die Tiefe.

Er startet den Motor und schert aus der Reihe. Brummt der Wagen ärgerlich, oder hört er nur sich selbst, als er sagt: »England sehn wir uns ein andermal an«?

Zum dumpfen Zischen der überholenden Autos denkt er sich Geschichten aus: Die Bombe explodiert, und er ist tot. Die Bank zieht nach Jahren sein bis dahin stattlich angewachsenes Vermögen ein, weil sich kein Blutsverwandter mehr finden läßt. Er stellt sich seinen Tod vor, stellt sich vor, er wird vom Schiff geschleudert, und beim Atemholen ist da nur noch Wasser. Aber diese Geschichte gibt nicht viel her. Auch nicht, als er sich Annes Gram an seinem Grab dazu denkt. Er kichert. Ihm fällt ein, daß dies ein Tagtraum seiner Kindheit war. Ihr werdet schon sehen, was ihr an mir hattet. Nein, sagt er laut, darüber sind wir doch schon weg, und winkt dem Schild »A bientôt à Le Havre.«

Viel besser gefällt ihm die zweite Geschichte: Er hätte die Fähre aus irgendeinem Grund noch vor der Abfahrt verlassen und ihren Untergang vom Ufer aus mitangesehen. Er gälte für tot, sein Wagen würde irgendwann geborgen, Anne kassierte seine Lebensversicherung, und jeder Anflug von Trauer ginge einher mit Freude über das viele Geld. Also schämte sie sich dieser Freude, und ihr Volker fände sie abends immer öfter mürrisch und unzugänglich in seinem trauten Heim. Schließlich verließe sie ihn und lebte von der Versicherungsprämie. In Saus und Braus und mit schlechtem Gewissen.

Diese Geschichte ist mit ihrer strafenden Moral nicht weniger kindisch als die vorhergehende, aber sie unterhält ihn bis weit südlich von Lyon.

Dann denkt er sich aus, was er mit seinem neuen Leben anfinge. Sollte er Anne als Geist erscheinen? Oder den unsichtbaren Mäzen spielen? Ihr alle Bilder abkaufen? Durch einen Strohmann natürlich. Erpressen wäre auch nicht schlecht. Er brauchte nur zu warten, bis sie zuviel von dem Geld verbraucht hätte. Dann wieder auftauchen und den Rest von ihr verlangen. Und monatliche Zahlungen von, sagen wir mal, tausend Mark. Natürlich konnten sie das Geld auch teilen, aber diese Variante barg keinen Schaden für Anne. »Tot zu sein bedarf es wenig«, singt er, sich durch den Stoßverkehr zum Zentrum von Valence vortastend, »und wer tot ist, ist ein König.«

27.

Es regnet schon den dritten Tag. Eigentlich ein Wetter für die Sixtina, aber er schiebt den Besuch auf und setzt sich statt dessen in das einzige geheizte Lokal, das er kennt. Rom, diese braune, schwere Stadt, hat sich in etwas dem Inhalt eines Mülleimers Ähnliches verwandelt durch die Nässe, die nun Tag für Tag herabfällt, und in Babingtons Tea Room an der spanischen Treppe läßt sich die Tristesse noch am leichtesten ertragen.

Während der ersten fünf Tage hat er sich treiben lassen. Einfach so, der Nase nach, vom Frühstück bis zur Müdigkeit. Dann begann er, den Reiseführer zu studieren, aber noch bevor er sich die Vatikanischen Museen, die Engelsburg, die Caravaggios und Berninis ernstlich vornehmen konnte, kam dieser Regen über alles und verwandelte die Stadt in eine Kloake. Also kaufte er einen Regenschirm, deckte sich bei Herder mit Büchern ein, vertrieb die Zeit mit Lesen in Cafés und sah sich hin und wieder um nach Stimmen und Gesichtern.

Immer wieder hatte sich Rom in seinen Alpträumen ausgebreitet. Und in Le Havre hatte der Einfall, die Fähre könne sinken, schon genügt, um die Schnauze seines Wagens in die Richtung zu lenken, aus der sie dann wie magnetisch angezogen wurde. Jetzt lauscht er dem Regen an den Fenstern, den Geräuschen des Tea Rooms, dem Summen der Stimmen und Klappern von Geschirr, und auf der Alptraumleinwand läuft ein alter Film:

1.

Einstweilen sollte dieser Job nur den Taxischein finanzieren, aber Modell zu sitzen für die Malstudenten gefiel ihm so gut, daß Martin sich vornahm, es weiterhin zu tun. Nicht nur, weil ihm diese werdenden Künstler, die so aufmerksam und mühevoll um die Erfassung seiner Gestalt rangen, viel interessanter erschienen als die Bekannten, die er bisher seine Freunde genannt hatte, sondern auch, weil er bald ein gefragtes Modell geworden war und das in dieser Nachfrage enthaltene Lob ihm gefiel. Er hatte anderen Modellen etwas voraus, was über die Bereitschaft, sich in jede Pose kommandieren zu lassen, hinausging: Er konnte stillhalten. Eine Stunde, manchmal länger, verharrte er in Stellungen, die anderen alle zehn Minuten eine Pause abgenötigt hätten. Er konzentrierte sich und fiel in eine Art von Trance. Wenn die Zeit um war oder die Studenten einen Posenwechsel wollten, mußte man ihn regelrecht aufwecken.

Die Studentin, die da so vorsichtig an seinem Knie rüttelte, war ihm unbekannt. Entweder war sie zum erstenmal hier, oder er hatte schon lang nicht mehr in die Gesichter der Zeichnenden geschaut. Näher lag die zweite Möglichkeit, denn es war Anfang Juni und mitten im Semester. Sie war zart und nicht sehr groß, und das einzig Auffällige an ihr waren wasserblaue Augen, deren Blick sich auf keinen Punkt einzulassen schien. Ununterbrochen bewegten sich diese Augen, so als müßten sie den Raum ausmessen wie die Peiltöne einer aufgeregten Fledermaus. Nur hin und wieder streiften sie ihn, als prüfe sie, ob er noch bei der Sache war.

Sie bat um eine andere Pose. Er sollte sich breitbeinig hinsetzen, den Kopf senken und die Arme rechts und links an sich herabfallen lassen. Er tat, was sie verlangte, und wollte schon wieder in seiner Versenkung verschwinden, da spürte er die Berührung ihrer Hand. Sie korrigierte an seiner Haltung, schob seine Beine etwas weiter auseinander, und was er nie gefürchtet hatte, jetzt geschah es: Das Kitzeln ihrer Finger an den Innenseiten seiner Knie, das Auseinanderbewegen seiner Beine und ihr Blick, das alles zielte so direkt in seinen Schoß, daß er sich spürte. Er versuchte, auszusteigen aus der Aufmerksamkeit auf dieses noch kleine, zuckende Sichregen, versuchte, sich auf irgend etwas zu konzentrieren, aber nichts fiel ihm ein, und er entkam dem Pulsieren und der Spannung nicht mehr, so breit und offen, wie er dasaß, unverfehlbar für diese und fast alle anderen Augen. Er hoffte, sie hätte nichts bemerkt, und verlangte hastig eine Pause. Ohnehin müsse er heute leider früher Schluß machen. Er schloß die Beine und griff in Panik nach seinen Jeans, verzichtete auf die Unterhose, denn jetzt ging es um Sekunden. Ein schneller Blick in die Runde zeigte ihm, daß zwei Studenten grinsten, und er war sich sicher zu erröten, als er die Unterhose einfach in die Jackentasche stopfte.

Er mußte das Mädchen wohl wütend angesehen haben, denn auf einmal hielten ihre Augen still und sahen ihn direkt an. »Entschuldige«, sagte sie so leise, daß die anderen es nicht hören würden.

28.

Babingtons Tea Room ist nur spärlich besetzt. Es fehlen die Damen, die sich bei schönem Wetter aus ihren teuren Schalen winden und Trauben von Taschen mit Aufschriften der umliegenden Geschäfte neben ihre Stühle stellen, um sich dann bei einem Imbiß über ihre Söhne und Töchter zu unterhalten. Nur ein harter Kern sitzt heute hier. Heimwehkranke Engländer rascheln mit großformatiger Lektüre, und andere Ausländer, allesamt wohl schon länger in der Stadt und aus ungeheizten Räumen in diese schallgedämpfte Oase geflüchtet, lassen sich trösten von der exterritorialen Aura dieses Ortes.

Den Mann, der da eben, seinen Mantel überm Arm, nach einem freien Haken an der Garderobe sucht, kennt Martin aus der Buchhandlung Herder, wo sie sich vor einigen Tagen ein kleines Rennen lieferten. Eine Sekunde zu spät war der andere auf das letzte Exemplar des neuen Le Carré aufmerksam geworden, und sein enttäuschter Blick fixierte Martins Hand. Martin, der sich grundlos im Unrecht fühlte, hielt ihm das Buch hin, aber der Mann zeigte lachend seine Handflächen und trat mit dieser Geste einen halben Schritt zurück. »Nein, du warst ja zuerst dran. Ich frag, ob sie's noch am Lager haben.«

In fließendem Italienisch wandte er sich an eine Verkäuferin, aber die schüttelte den Kopf, machte eine ähnliche Gebärde wie er und sagte etwas von einer oder zwei Wochen, die es dauern könne. Martin fühlte sich, als habe er eine Kostbarkeit errungen.

Jetzt liegt das Buch neben ihm auf der Bank. Vor zehn Minuten ausgelesen. Er nimmt es hoch, winkt damit und ruft durch den Raum: »Ich leihs dir aus!«

Einige Augenpaare richten sich auf ihn, und der Mann kommt lächelnd her. »Ehrlich?«

Er wirft seinen Mantel über eine Stuhllehne und fragt: »Darf ich?«

Er muß in Martins Alter sein, hat ein angenehmes, spitzes Gesicht und kurzes, früh angegrautes Haar. Er nimmt das Buch von der Bank und liest den Klappentext. »Ich heiße Manfred.«

»Ich nicht.«

Beide lachen. Der Mann mit der Spur eines Verdachts, Martin könne eine lästige Stimmungskanone sein und die Idee, mit ihm zu reden, ein Fehler. Martin selbst ist verblüfft, denn einen Augenblick lang hat er wirklich seinen Namen nicht gewußt. Die flapsige Antwort war nicht als Witz gemeint.

»Aber Martin«, sagt er, »was fast aufs gleiche rauskommt.«

»Stimmt«, sagt Manfred, »und Christian und Peter und Thomas und Michael. Die fünfziger Jahre. Und unsere Töchter heißen Anna, Julia und Saskia.«

»Hast du Töchter?«

»Eine. Und einen Sohn.«

Martin sieht ihn fragend an.

»Julian«, lacht Manfred, »und Saskia. Anna fehlt noch in der Sammlung.«

Manfreds Mißtrauen muß verflogen sein, denn ohne Stocken kommen sie ins Gespräch. Martin lügt: Er schreibe ein Buch und sei deshalb hier in Rom, um sich ohne Alltag und Telefon auf den Text zu konzentrieren. Er weiß nicht, weshalb er lügt, es kommt einfach so heraus; er hört sich selber zu und findet in Ordnung, was er da zusammenphantasiert. Vielleicht, weil er eigentlich tot sein könnte? Wenn die Bombe an Bord gewesen wäre.

Manfred kommt aus Süddeutschland, illustriert Kinderbücher und lebt mit seiner Familie seit zwei Jahren hier. Seine Frau ist Malerin, und seine Tochter geht auf die deutsche Schule. Martin gibt ihm die Adresse der Pension, damit er das Buch irgendwann zurückbringen kann. »Aber keine Eile«, sagt er noch, als Manfred sich verabschiedet, ohne etwas bestellt zu haben. Es regnet nicht mehr.

In einem kleinen Park hinter dem Quirinale, als die Abendsonne durch die Wolken bricht und ihre Strahlenbündel die milchigen Schwaden aufsteigender Feuchtigkeit durchschneiden, so daß die nassen Zweige glitzern, findet sich Martin wenig später an einen Papierkorb gelehnt, wo er dem Impuls, sich zu krümmen, widersteht, weil ihm eine Trauer durch die Eingeweide rast, die nicht zu unterscheiden ist von körperlichem Schmerz. Vom Zwerchfell bis in die Knie breitet sich eine Schwäche aus, die sich anfühlt wie eine Gliederfüllung nasser Watte. Er steht fassungslos und wartet.

Langsam läßt das Gefühl nach, ohne daß sich irgendein Bild oder Gedanke dazu eingefunden hätte. Er probiert verschiedene Anblicke in seinem Innern, um zu sehen, ob einer zu dem Schmerz paßt. Anne? Nein. Heimweh? Er weiß, daß Heimweh sich so bemerkbar machen kann, aber als er den Blick aus dem Küchen-

fenster auf die kleine Gasse an der Grindelallee herauf-
beschwört, rührt sich nichts. Kein Heimweh also. Er
stößt sich vom Papierkorb ab und geht. Die Schwäche
ist noch da, und wie bei einer schweren Melancholie
ist ihm alle paar Schritte zumut nach einem abgrund-
tiefen Seufzer.

2.

Direkt aus dem Aktsaal ging er ins Büro der Sekretärin und kündigte. Unauffällig versuchte er, die von
der eingesteckten Unterhose ausgebeulte Jackentasche
flacher zu klopfen. Es ging nicht. Auf die erstaunten
Fragen der Sekretärin antwortete er ausweichend und
allgemein, nannte private Gründe und sah aus dem
Fenster. »Schade«, sagte sie und gab ihm sein letztes
Honorar.

Sie hatte recht, es war schade. Schade um das Geld
und schade um die stillen Stunden, die er nun nicht
mehr im Zeichensaal verträumen konnte, schade um
das Schweigen der Zeichnenden, das Rascheln ihrer
Blätter, das Scharren und Reiben der Stifte und Krei-
den. Und schade vor allem um die Verbindung, die er
manchmal zwischen sich und den rings um ihn Grup-
pierten zu fühlen geglaubt hatte. Aber schade hin oder
her, mit einer Erektion sitzt man nicht Modell. Und
jetzt, da es einmal fast geschehen war, konnte er nie
mehr sicher sein. Er brauchte sich nur davor zu fürchten. Und das würde er. Das stand fest.

Am Abend stand sie vor seiner Tür. In der Hand zwei Dosen Bier und eine große Margerite, deren Blüte noch nicht vollständig aufgegangen war.

»Was ist denn das?« fragte er, noch bevor er richtig erstaunt sein konnte.

»Blume«, sagte sie und drängte sich in den Türspalt wie ein Vertreter, der den Moment der Unsicherheit nicht verpassen will, in dem seine einzige Chance auf Einlaß besteht.

Verblüfft ließ er sie vorbei. Sie betrat die Wohnung, drehte sich einmal um die eigene Achse und stellte dann die Bierdosen auf dem Tisch ab. Im Vorübergehen hatte sie ihm die Blume gegeben, und er hielt sie automatisch an die Nase. »Die stinkt«, sagte er.

»Das tut man als Margerite. Das ist ihre Art, sich zu wehren. Statt Dornen vielleicht.«

»Ich trinke kein Bier.«

»Ich schaff auch zwei. Krieg ich ein Glas, oder sagst du mir, wo die Küche ist?«

Er nahm Gläser aus dem Schrank und eine halbvolle Flasche Rotwein, während sie den Fernseher ausschaltete, vom Tisch hob und in eine freie Zimmerecke stellte.

In dem Stapel Zeitschriften, den er aufnahm, um ihn irgendwo zu verstauen, lag auch ein Playboy, und er hoffte, sie möge den Titel nicht erkennen, aber sie sagte »Ach, na so was«, fiel ihm in den Arm, zog das Heft, ausgerechnet dieses, heraus, blätterte darin und legte es ihm aufgeschlagen hin. Da war sie! Auf zwei Doppelseiten! Nackt, halbnackt, bis fast zur Unkenntlichkeit frisiert, geschminkt und in harmlos-koketten Posen erstarrt. Natürlich kannte er die Bilder. Aber sie hätte er niemals erkannt. Er wußte nicht, was er sagen sollte.

»Und«, fragte sie leichthin, »bist du ein Verehrer von mir?«

Er stotterte und hätte nichts lieber getan, als diese Bilder gleich gründlich zu studieren. »Nein«, sagte er und suchte nach weiteren Worten. »Also doch, natürlich, ich hab dich nicht erkannt. Im Zeichensaal, mein ich.«

»Ich erkenn mich auch nicht auf den Bildern«, sagte sie und schlug eine Seite um, »aber ich gefalle mir. Hier, auf dem da gefall ich mir gut.«

Jetzt mußte er hinsehen, und sein Kopf kam ihrem so nah, daß er glaubte, den Geruch ihrer Haare einzuatmen. Sicher war er nicht, denn sein Gesicht war heiß und er vielleicht zu durcheinander, um Sinnesbotschaften eindeutig wahrzunehmen. »Hm«, sagte er nur.

Sie knuffte ihn in die Seite und sagte: »Du bist ja verlegen.« Dann schlug sie das Heft zu und legte es auf den Zeitschriftenstapel, den er noch immer in den Händen hielt.

Sie goß Bier in ihr Glas, spülte die Dose im Waschbecken aus, füllte sie mit Wasser und stellte die Margerite hinein. Während er die Zeitschriften ins Regal schob, schenkte sie ihm Wein ein und hielt das Glas vor sein Gesicht.

»Wieso machst du so was?« Er hätte sich gleich auf die Zunge beißen können, so blöd war diese Frage. Aber jetzt konnte er nicht mehr zurück. »Ich meine, Fotos für den Playboy. Das paßt irgendwie nicht.«

»Zu mir?«

»Ja, machen das denn nicht Friseusen, die auf eine Filmkarriere hoffen? Oder den Durchbruch als Model?«

»Nicht nur, nein«, sagte sie ruhig, aber da war etwas Forschendes in ihrem Blick. Eine Weile sah sie ihn so an, dann nahm sie einen großen Schluck: »Du findest das doch nicht etwa anrüchig oder so was in der Richtung?«

»Nein.« Er hätte sich ohrfeigen können für den beflissenen Ton seiner Stimme. »Es ist nur irgendwie seltsam, daß Frauen wie du das tun.«

»Aber daß Männer wie du es ansehen, findest du nicht weiter seltsam, oder?«

Ihm war nicht danach, das Thema zu vertiefen, und jetzt ärgerte ihn auch noch ihr triumphierender Ton. Er fühlte sich durchschaut.

»Es ist auf jeden Fall nicht sehr feministisch«, sagte er.

»Und?«

Noch war er unsicher, ob sich ihr inquisitorischer Tonfall schon geändert hatte oder ob er nur darauf hoffte, da fügte sie mit leiserer Stimme und einem vagen, desinteressierten Blick aus dem Fenster hinzu: »Vielleicht magst du ja das an den Bildern. Daß sie nicht sehr feministisch sind.«

Sie sah noch immer aus dem Fenster, und er setzte sich und sagte: »Vielleicht. Unter anderem. Ich geb's zu. Und daß ich durcheinander bin.«

29.

Der Anfall von Trauer, oder was auch immer das vor einigen Tagen im Park vor dem Quirinalspalast gewesen sein mochte, hat sich nicht wiederholt. Seit gestern scheint die Sonne, und Martin streunt durch die Straßen und versucht, aufgeschnappte Wörter in seinem kleinen Lexikon zu finden. Außer wenn er Bestellungen aufgibt oder etwas kauft, spricht er kein Italienisch, aber er reimt sich schon manchen gehörten Satz zusammen und hat das Gefühl, so nach und nach etwas mitzubekommen von dem, was um ihn her gesprochen wird. Er sieht sich hin und wieder amerikanische Filme mit italienischen Untertiteln an und entziffert die Überschriften der Zeitungen.

Vorgestern brachte Manfred das Buch zurück und lud ihn zur Party einer Freundin ein. »Du bist einsam«, sagte er, »Anschluß an die deutsche Gemeinde tut dir gut.« Das stimmt. Martin fühlt sich fehl am Platz. In Rom zu sein, ist nicht der Sinn des Lebens. Irgendwas fehlt. Aber was? Er hat keine Ahnung. Jedenfalls nicht Anne.

Auf dem Klingelschild steht der Name Brauckner, aber die Frau, die ihm öffnet, sieht so italienisch aus, daß Martin sagt: »Buona sera, Signora, sono un amico di Manfred.«

»Si, si, bene, kommen Sie rein«, erwidert sie lächelnd. »Ich bin Franca. Für heute abend sind Sie vom Unterricht befreit. Sie dürfen wieder Deutsch reden.«

»Martin«, sagt er und folgt ihr in eine geräumige

zweigeschossige Wohnung. Manfred ist nicht unter den Gästen, und Franca stellt ihn niemandem vor. Vielleicht weiß sie nicht wie, vielleicht reicht es in diesem Kreis auch nicht, einfach nur ein Freund von Manfred zu sein. Sie bringt ihm ein Glas Wein, und er nimmt das nächste Türklingeln zum Anlaß, sich auf die Terrasse zu verdrücken. Um nicht arrogant zu wirken, studiert er den Ausblick auf den Hinterhof und nicht die Gäste, die er durchs Fenster sehen könnte.

»Was für ein Buch schreiben Sie denn?« Franca ist mit einer anderen Frau herausgekommen, die sie, ohne seine Antwort abzuwarten, als Sharon aus Australien vorstellt. Es klingelt erneut, also antwortet er Sharon auf Francas Frage, er habe bisher kein Wort geschrieben und sei sich auch nicht sicher, ob er je anfange. Er denke einstweilen nur über die Geschichte nach.

Sie fragt höflich und in gutem Deutsch, wovon die Geschichte denn handeln solle und ob das sein erstes Buch sei. Wenn er es überhaupt schreibe, sei es das erste, erklärt er, und handeln solle es von einer Künstlerin, der übel mitgespielt werde. Aber mehr wolle er nicht sagen, genaugenommen wolle er überhaupt nicht über ein ungeschriebenes Buch reden. »Und was führt Sie nach Rom?«

»Ich besuche Freunde«, sagt sie, »die werden auch kommen. Wir sind verabredet hier.«

Eine Zeitlang sehen sie schweigend auf den Hinterhof, bis die Terrassentür wieder aufgeht und Gäste herauskommen, die sich angeregt über irgendeinen Skandal unterhalten.

»Wie gefällt Ihnen Rom?« fragt Sharon.

»Sehr«, sagt er, »es ist die schönste Stadt.«

»Die Sie kennen.«

»Richtig.«

»Ich liebe sie auch«, sagt sie, und es klingt ernst, so als lege sie ein Geständnis ab. »Wenn ich könnte, ich würde hier leben.«

»Warum können Sie nicht?«

»Weil ich ein Lehrer bin. Ein Universitätslehrer und mir meinen Arbeitsplatz nicht aussuchen kann.«

»Lehrerin«, korrigiert er.

»Brisbane.«

Sie lachen beide, als sie das Mißverständnis erkennen, und Sharon legt eine Hand auf seinen Arm: »Lern mich Italienisch oder was du willst, aber nicht Deutsch. Nicht in Rom.«

»Oder was ich will?«

Sie lacht wieder und drückt leicht seinen Arm. »Aber vorher mich fragen.«

»Einigen wir uns dahingehend«, schlägt er vor, »daß du mich nichts über mein Buch fragst und ich dir kein Deutsch beibringe, okay?«

»Beibringe?« fragt sie. »Was ist beibringe?«

»Mm-m.« Er schüttelt den Kopf und wackelt mit dem Zeigefinger. Sie lacht.

Sie zieht ihn an der Hand nach drinnen zu einem bunten, aber schlicht sortierten Buffet mit Käse, Antipasti und Brot. Er nimmt etwas von dem Käse und will sich Sharon wieder zuwenden, da greift eine blonde Frau nach ihrem Arm und zieht sie in ein Grüppchen. Martin ist wieder allein. Noch bevor er die rettende Terrassentür erreicht hat, ruft ihn Franca ans Telefon.

»Hör mal, ich komm nicht«, sagt Manfred. »Mein Sohn ist krank. Wir fliegen morgen nach Deutschland.«

»Schlimm?«

»Vielleicht, ja.« Seine Stimme klingt bedrückt.

»Kann ich dich um was bitten?«

»Ja, sicher, was?«

»Würdest du unser Haus hüten? Und die Tiere versorgen? Die Nachbarn sind weg, ich erreiche niemanden, der mir vielleicht sein Au-pair ausleihen würde. Ich weiß echt nicht weiter.«

»Klar, gern. Was für Tiere?«

»Katze, Hund, Kaninchen. Mensch, mir fällt ein Stein vom Herzen.«

Nichts in La Giustiniana erinnert an Rom. Nicht eines der weit über die Hügel verstreuten Häuser scheint älter als zwanzig Jahre, hier gibt es keinen Autolärm, keine Touristen und, außer dem Ziegelrot und Grünbraun von Häusern und Natur, auch keine Farben.

Knapp eine Stunde nach dem Anruf stand Manfred in der Tür, und dann raste der Fiat im römischen Freistil aus der Stadt, daß Martin Hören und Sehen verging. Erst in der ländlichen Villengegend mäßigte Manfred sein Tempo und fuhr leise vorbei an Parks, hinter deren Mauern und Hecken sich rasende Hunde am Auftauchen ihres Wagens störten. Das ist nicht meine Welt, dachte Martin und grinste, weil er sich wieder beim Zensieren ertappt hatte.

War doch noch gar nicht raus, was von nun an seine Welt sein würde. Wieso nicht eine dobermannsatte Villengegend bei Rom?

Den letzten Gedanken nahm er zurück, als er die graue Dänische Dogge sah. Die konnte im Stehen das Dach des Wagens ablecken. »Keine Angst«, sagte Manfred, »der sieht nur so aus.«

Tatsächlich leckte der Hund Martins Hand und zeigte keine Feindseligkeit.

Am nächsten Morgen chauffierte er die Familie zum Flugplatz. Beim nervösen Sägen des Fiatmotors dachte er an das vertrauenerweckende Brummen seines Wagens, den er gestern, kurz vor Manfreds Ankunft, noch an Sharon ausgeliehen hatte. Sie wollte für einige Tage nach Norden, durch die Toskana und Umbrien. Ihr den Wagen anzubieten, war eine elegante Möglichkeit, sie wiederzusehen. Warum sollte er in der Garage am Stadtrand verschimmeln, wenn Martin ihm versprochen hatte, die Gegend anzusehen? Sah er sie eben mit Sharon an. Sei nett zu ihr, dachte Martin, sie war auch nett zu mir. Kannst ruhig vibrieren, wenn sie Gas gibt, Frauen mögen das. Martin wartete, aber der Zensor schwieg. Ein Fortschritt, dachte er, ganz deutlich.

Es ist heiß, die Dogge liegt im Schatten, und ihr Brustkorb hebt und senkt sich in schnellem Intervall. Das Kaninchen raschelt in seinem Stall, und die Katze schläft in einem Sonnenfleck auf der Terrasse. Nicht weit vom Haus grasen vier Kühe, und der Stimmung dieses gleißenden Vormittags fehlt nur noch der Klang ferner Glocken zum herzzerreißenden Idyll. Nichts ist zu hören außer gelegentlichen Seufzern des Hundes, Vogelgezwitscher, dann und wann Gebell und Stimmen aus der Nachbarschaft. Was hat er hier verloren? Martin legt seine Beine auf die Brüstung und versucht, ganz einfach nur dazusein.

3.

Sie verwandelte sein Geständnis, er sei verwirrt, nicht in eine Kapitulation. »Ach«, sagte sie, »ich weiß auch nicht. Ich hab nichts gegen die Bilder. Das bin nicht ich. Das sind nur Fotos. Sag mal, der Wein hier, wie lang steht der schon offen?«

Sie schlug vor, eine Flasche beim Portugiesen zu holen, und stand auf, noch bevor er hätte ja sagen können. Das Lokal war leer, und sie setzten sich. »Hunger hab ich auch«, sagte sie.

Sie sah, wie er an seine Hosentasche faßte, und fügte rasch hinzu: »Nein, ich. Ich schulde dir ja was.«

Die Erwähnung seines Mißgeschicks machte ihn verlegen, und er fragte schnell nach ihrer Malerei. Er selbst glaubte, nichts von Kunst zu verstehen, aber ihr schienen seine Fragen zu gefallen. Sie redete, als hätte man ihr das bisher verboten. Das, dachte er, haben sie wohl alle gemein. Für Künstler ist die eigene Arbeit das Größte.

Sie sprach von Sensationen, die niemand entdecke, der nicht in den Spalt zwischen Wirklichkeit und Abbild eindringe. Sensationen für den Geist, für die Wahrnehmung, von ihr aus auch für die Sinnlichkeit, wenn er das so besser verstehe.

»Ich verstehs auch bloß mit Geist«, warf er ein, aber er erntete nur einen flüchtig-irritierten Blick, ohne daß ihr Vortrag ins Stocken geraten wäre. Energie, erklärte sie, freischwebende Kraft und Lust gebe es, die man nur aus der Luft zu greifen brauche, um sie in diesem Zwischenraum wieder freizulassen. Dort finde alles, was Kunst bedeute, statt. Das Abbild alleine sei nichts ohne diesen Unterschied zum Original, und nicht die Summe beider ergäbe ein Kunstwerk, sondern der Platz zwischen ihnen. Oder vielmehr das, was sich an diesem Platz befinde.

Humor hat sie wohl keinen, dachte er und sagte: »Komisch, daß ich von dir ein Abbild eher kannte als die Wirklichkeit und jetzt geneigt bin, dich für das Kunstwerk zu halten.«

Sie sah ihn ebenso irritiert an wie vorher, nur weniger flüchtig, und schüttelte verständnislos den Kopf: »Die Fotos? Meinst du die?«

»Mhm.«

»Quatsch. Ich bin die Wirklichkeit. Die Fotos sind gar nichts. Und zwischendrin ist auch bloß Schminke, Geräkel und ein Fotograf, der mich rumkommandiert. Da ist gar nichts. Und ich gefalle mir ja nur, weil ich eine Fälschung bin.«

Kein Humor. Wie befürchtet. Vielleicht aber auch nur nicht bei diesem Thema. Ein andermal, nahm er sich vor, würde er es genauer wissen wollen. »Mir gefallen beide Versionen«, sagte er versöhnlich, »die Fälschung und das Original.«

Für ihn war das, was sie da redete, Künstlerlatein, wie er es schon manchmal belauscht und belächelt hatte, aber das änderte nichts an seiner Faszination. Woher die rührte, war ihm selbst noch nicht klar. Von ihren Augen, die nie stillstanden, sich immer wieder neue Haltepunkte suchten, um unverzüglich wieder ungefesselt weiterzuspringen, von ihrer Stimme, die, so leise sie sprach, etwas Sicheres, Kompaktes und Eindringliches hatte? Oder war es der Körper, den er schon so viel besser kannte? So zudringlich, herrisch und verlegen unterwürfig, wie ein Playboybetrachter die Körper nackter Frauen kennt. Ja, er sah sie nackt. Der weite schwarze Pullover und die formlos plumpe Hose konnten ihre Nacktheit vor ihm nicht mehr verbergen. Eher waren sie so was wie ein Schmuck ihrer Blöße, ein Vorhang, durch den hindurchzudenken den Reiz des Bildes noch verstärkt. Aber vielleicht rührte diese Faszination auch von woanders her. Warum nicht von der Zutraulichkeit, mit der sie ihm begegnete? Oder ihren Fingerspitzen an seinen Knien? Wann war das gewesen? Erst heute morgen?

Sonderliches Interesse an dem, was er zu erzählen gehabt hätte, war ihr nicht anzumerken. Wie aufgezogen sprach sie von sich und ihrer Kunst und ihren Plänen. Was immer er einwarf, diente ihr nur als Stichwort, und nie nahm sie eines seiner Angebote wahr. Die Leidenschaft aber, mit der sie sprach, diese Überzeugung, an der Rampe zu einer weiten Flugbahn ins Leben zu stehen und demnächst einen großen Bogen zu beschreiben, war so einnehmend, daß ihre Erregung sich auf ihn übertrug und er ihr nicht nur glaubte, sondern Feuer und Flamme für sie war.

»Schau, ich bin in Sicherheit«, sagte sie. »Ich leide nicht. Es ist alles in meiner Hand, solang ich male.«

»Kein Leiden?« fragte er.

»Keins.«

Das war Unsinn. Aber vielleicht log sie, ohne es zu wissen. Sie mußte es nicht unbedingt entdecken, sie hatte die Kunst zwischen sich und der Welt, und einen besseren Schutz schien es nicht zu geben. Aber wie lange hält so was? Sie fliegt hoch, dachte er, und tief wird sie stürzen, aber aus der Höhe verstreut sie diesen Glanz. Sie war berauscht von ihrem Flug und er von ihrem Rausch, und das vereinte sie in einem wortlosen Bündnis.

»Ich möchte deine Bilder sehen«, sagte er, aber sie ging nicht darauf ein.

Statt dessen zog sie seine Hand über den Tisch zu sich her, drehte die Handfläche nach oben und sagte: »Du bist nicht fürs Drachentöten da.«

Er wollte sich schon ärgern über die Art, in der sie ihn einfach bog und drehte, als wäre er ein Ding, mit dem man in der Luft herumwedeln kann, aber dann sagte sie noch: »Das find ich schön.« Und später, irgendwann in ihrem stetigen Reden, unterbrach sie sich und sagte erstaunt: »Ich sprech mit dir wie mit niemand sonst.« Und es klang, als höre sie sich selber dabei aufmerksam zu.

Zu mir, dachte er, nicht mit mir, aber ich habe nichts dagegen. Meinetwegen hör noch lange nicht auf damit. Ich seh dir unter die Kleider und bin Wachs in deiner Hand. Und deine Künstlerträume spielen die Musik.

In einem Jahr würde er vierzig sein und nicht viel mehr hinter sich haben als eine Kindheit wie die meisten, eine Jugend wie die meisten und ein paar längst schon an den Hut gesteckte Ziele. Er hatte sich schon fast daran gewöhnt, ein innerliches Schulterzucken beim Anblick der eigenen Blässe für normal zu halten und mit nichts weiter als Übersichtlichkeit in seinem Leben noch zu rechnen. Und einer anhaltenden, allenfalls von kleinen Schrullen durchsetzten Langeweile. Er war noch zu jung, um schon nach einem Glauben zu suchen, und schon zu alt, um seinen immer öfter aufbrechenden Sarkasmus noch für stilvoll oder elegant zu halten. Das Westentaschenformat seiner eigenen Existenz im Vergleich zur Übergröße alter Träume enttäuschte ihn nicht mehr. Bis eben, so dachte er, hatte er in Frieden mit seiner eigenen Mittelmäßigkeit gelebt.

Und auf einmal tauchte ein Mädchen von etwas über dreißig auf, faselte Künstlerdeutsch und schien ihn zu bitten, er möge sie aufs Katapult schnallen und hoch in die Luft schießen, auf eine Umlaufbahn fernab seiner ausgelesenen Gegenwart. Und irgend etwas an ihr schien ihm anzubieten, er könne sich festhalten und mitfliegen. Und nichts wollte er lieber tun als das.

Es war kurz nach elf, und sie verließen das Lokal. Bis zur Ecke ging sie mit ihm, dann faßte sie an seinen Hals und fuhr hinter sein Ohr, machte dort eine winzige Streichelbewegung und drehte sich wortlos zum Gehen. Er war vom Eindruck dieser kurzen und seltsamen Berührung noch verwirrt, als er oben in der Wohnung anlangte und ihm klar wurde, daß er nicht mal ihre Adresse wußte. Er zog sich aus und legte sich aufs Bett. Dann stand er noch einmal auf, zog den Vorhang vor und schlug den Playboy auf.

30.

Würde sie sich wirklich schämen, wenn sein Tod ihr Geld einbrächte? Und würde die Versicherung bezahlen? Ohne Leiche? Und wie fände er als Toter heraus, ob sie kassiert hatte? Sollte er sich als ihr Anwalt ausgeben und die Versicherungsgesellschaft anrufen, nach Hamburg fahren und um Volkers Wohnung schleichen, herausfinden, ob sie einen neuen Wagen fährt oder sich endlich das ersehnte Atelier in Eimsbüttel mietet? Er müßte sich einen Bart stehen lassen. Das hätte was. Als Toter in Hamburg herumspazieren und sorgsam alle Leute, die ihn kennen könnten, meiden.

Zwischen den Kaffees, die er sich laufend macht, und dem Buch, in dem er hin und wieder liest, denkt er sich immer weiter in die Geschichte seines fingierten Todes hinein und versucht, für jedes auftauchende Problem eine Lösung zu finden. Und wenn er wirklich versuchte, die Geschichte zu schreiben? Vielleicht hat er ja Talent und weiß nur nichts davon? Für so ausgeglichene Leute wie mich, denkt er, ist Schreiben vielleicht das Richtige.

Wenn er so nachdenkt, geht er kreuz und quer durch die fremde Wohnung, von Manfreds Atelier durch das seiner Frau, nimmt Farbtuben, Pinsel und Stifte in die Hand und dirigiert damit das Konzert seiner Gedanken. Er geht ins Bad, ins Schlafzimmer, durch die beiden Kinderzimmer und dann wieder im großen Wohnraum auf und ab. Vom Kamin zum Fenster und vom Fenster zum Kamin. Manchmal stellt sich der Hund mit einem Ächzen auf die Beine und stupst ihm den riesigen Kopf in die Hand.

Zweimal ist er spazierengegangen auf den Wegen zwischen Gärten und Häusern hindurch, aber die ständig an den Mauerrückseiten entlangtobenden Hunde verleideten ihm die Gegend. Und das Auf und Ab durch die Wohnung ist anregender fürs Nachdenken über sein »Tagebuch eines Toten«, wie er die Geschichte für sich selbst inzwischen nennt.

Jetzt nähert sich ein Motorengeräusch, und die Katze flitzt ins Haus. Martin steht auf.

Ein roter Alfa wendet schwungvoll auf dem kleinen Vorplatz, bevor ein schnurrbärtiger Mann aussteigt und die Tür zuwirft. »Manfred?« ruft der Mann, noch bevor er Martin auf der Terrasse stehen sieht.

»Der ist weg«, sagt Martin und erzählt die Geschichte von Julians Krankheit.

Der Mann krault den Hund am Ohr und sagt: »Scheiße. Große, verdammte und unpassende Scheiße.«

»Gibt's passende?« fragt Martin. Der Mann ist ihm sympathisch, wie er sein Herz so offen auf der Zunge trägt.

»Unpassender Einwurf«, sagt der, »ganz unpassend. Scheiße. So eine Scheiße.«

»Ich nehms zurück«, sagt Martin, »und mach dir zur Strafe einen Kaffee. Ja?«

»Oh ja, bitte. So eine Scheiße aber auch.«

Martin ist dankbar für die Abwechslung im Einerlei seines Haushüterdaseins. Als er mit der Tasse nach draußen tritt, schlägt der Mann theatralisch seine Faust auf die Brüstung und singt noch immer oder schon wieder dieses Mantra: »Scheiße, Scheiße, Scheiße.«

»Was ist denn so Scheiße?«

»Geld«, sagt der Mann. »Geld und Scheiße gehören zusammen. Ob du aus Scheiße Geld machst oder Geld wie Scheiße hast oder Scheiße baust, weil welches fehlt – immer Scheiße und Geld. Scheiße und Geld regieren die Welt.«

»Laß mich raten«, sagt Martin. »Du hast keines.«

Würdevoll neigt der Mann den Kopf und sagt: »Ja, oh ja, ein Mann mit Abitur. Und dabei hätte ich gleich welches, wenn Manfred nicht einfach so abgehauen wär. Bist du sicher, daß er nichts hinterlegt hat? Für Rudi? Einen Scheck oder einen Brief? Zwanzig Millionen?«

»Lire?«

»Ja, glaubst du Mark? Würd ich dann so gebraucht aussehen? Und für wen hältst du Manfred? Für einen Thyssen oder so was? Zwanzig Millionen Mark, ich glaub, ich spinn.«

»Schuldet er sie dir?«

»Nein.« Er klopft auf einen Stuhl, damit Martin sich setzt. »Ich erklärs dir. Ich hab so eine Mischung aus Antiquitätengeschäft und Galerie. Nichts Großes, aber für die Bilder gibt es ein paar gute Kunden, Sammler, und ich kenne ihre Spezialgebiete. Ich ruf sie an, wenn ich irgendwo was seh, worauf sie scharf sein könnten. Also so was wie ein Agent. Oder Makler. Kein richtiger Galerist. Ich mach auch Ausstellungen, aber nur, um Klientel ranzuschaffen. Fürs Image. Ausstellungen bringen nichts.

Ohne die Kartei könnt ich nicht mal meine Heizung zahlen, geschweige denn die Miete für den Laden. Bist du eigentlich auch Künstler oder so was?«

»Nein.« Martin muß grinsen. Das fragt der doch nur, weil er fürchtet, zu einer Ausstellung gedrängt zu werden. »Ich schreib vielleicht ein Buch.«

»Ah, alles klar. Also, jetzt kommts. Per gnädigem Zufall lauf ich in einen Nachlaß rein, und da stecken neben ein paar guten Möbeln auch Wahnsinnsbilder.

Sachen, von denen man nur träumt. Segantini, Fattori, ein Valloton und zwei – falls du verstehst, wovon ich rede, wirst du grün im Gesicht – zwei sehr schöne Skizzen von Edward Burne-Jones ...«

»Ich hab vor vier Wochen einen Fattori verkauft«, unterbricht ihn Martin.

»Ophh«, kommt es aus Rudis erstauntem Gesicht. »Also verstehst du was davon.«

»Bißchen.«

Sofort wird Martin ausgefragt, was er bekommen hat, wie groß das Bild war, die Signatur, die Jahreszahl, und als Martin alles beantwortet hat, sagt Rudi: »Sportabitur. Allenfalls. Du bist bescheuert.«

Martin zuckt nur die Schultern.

»Der Typ verdient das Dreifache, wenn er weiß, an wen er's abgibt.«

»Vielleicht weiß er's nicht«, sagt Martin, »kauf du's doch, wenn du den Abnehmer hast.«

»Den hab ich. Und ob ich den hab. Ein fanatischer Argentinier. Ruft alle paar Wochen an.«

»Ja, mach doch. Du weißt, was der Schweizer bezahlt hat, das ist doch eine gute Verhandlungsposition. Gehst grad so weit drüber, daß er was verdient. Vielleicht klappts ja. Wenn er das Bild noch hat.«

»Ja, mach ich vielleicht wirklich«, sagt Rudi nachdenklich.

»Und ich krieg die Hälfte vom Gewinn.«

»Zehn Prozent.«

»Hälfte.«

»Zwanzig.«

Martin grinst: »Ich hab die Adresse.«

Das erinnert Rudi an seine abgebrochene Geschichte: »Hör mal«, sagt er, »du kannst von ganz was anderem die Hälfte haben. Hast du Geld?« Er lehnt sich gespannt nach vorn und starrt Martin direkt in die Augen.

»Die zwanzig?«

»Mhm.«

Was Rudi nun ausführt, klingt verlockend, und Martin staunt über sich selbst. Er war doch nie geschäftstüchtig, hat immer von bescheidenen Mitteln gelebt, und nun triefen seine Lefzen beim Gedanken an Geld. Seltsam, denkt er, steckt da doch ein abgefeimter Schieber in mir und hat sich nur bisher noch nicht gemeldet.

Der Schatz befindet sich im selben Haus wie Rudis Laden. Die Erbin, seine Vermieterin, stammt aus Rovereto und vertraut Rudi, weil sie selbst an ihn herangetreten ist. Seit gestern feilschen sie um den Preis, wobei Rudi vorgibt, sich nur für die Möbel zu interessieren und die Bilder allenfalls aus Gefälligkeit nehmen zu wollen. Die Frau kennt sich mit Möbeln aus, also muß er zwar weniger bieten, als sie wert sind, aber nicht so wenig, daß sie auch noch andere Händler anspricht. Und erst recht nicht etwa mehr, denn sonst schöpft sie Verdacht und läßt das Inventar schätzen. Dann käme der Wert der Bilder heraus. Die Frau will dreißig Millionen Lire. Für alles.

»Ich hab die Bilder und einen Barocksekretär schon unten im Laden«, sagt Rudi aufgeregt. »Sie kommt heut nachmittag und will Bargeld. Mit siebenundzwanzig oder achtundzwanzig gehört uns das Zeug in drei Stunden.«

»Also«, sagt Martin, angesteckt von Rudis Fieber, »zeig mir die Bilder, dann gehn wir zur Bank.«

Rudi stößt einen Jubelschrei aus, springt auf und küßt Martin auf den Mund.

»Also, hör mal. Wir kennen uns doch gar nicht.«

Rudi lacht und drängt zur Eile.

Ein seltsames Gefühl, den dicken Packen Geld in die Hand dieses Fremden zu legen. Zwanzigtausend Mark. Wenn er ein Betrüger ist? Ach was, dafür ist er zu nett. Andererseits müssen Betrüger nett sein, sonst kommen sie zu nichts. Das Geld verschwindet in Rudis Köfferchen, und Martin versucht sein mulmiges Gefühl zu ignorieren.

Fattori. Der Name bringt ihm Glück. Als er die Bilder sah, erkannte er die Chance, sein Erbe zu verdoppeln. Mit einem Fünftel davon als Einsatz. Die Bilder sind gut, soviel kann er beurteilen. Mit Ausnahme eines kleinen Vallotons vielleicht, der ihm herzlos hingeworfen erscheint. Und die Skizzen von Burne-Jones sind keine Kunstwerke, aber werden vermutlich das meiste Geld bringen. Er gefällt sich gut in der Rolle des Glücksritters. Ist was ganz Neues. Hätte er nicht von sich erwartet. Geld kommt zu Geld, denkt er, das Gerücht wird jetzt bestätigt. Es sei denn, Rudi legt mich rein.

Aber schon nach drei Tagen, die Martin nervös, meist mit der Fernbedienung des Fernsehers in der Hand verzappelt, als wäre das Verdienen oder Verlieren von Geld tatsächlich ein großes Abenteuer, kurvt Rudi, rasant wie beim erstenmal, auf die Wendeplatte und wedelt mit einem Bündel Scheine.

»Kaffee«, ruft er herrisch und tut so, als bürste er den Hund mit dem Lirepacken ab. Er wirft das Geld auf den Tisch und zieht ein Scheckbuch aus der Lederjacke. Sein buschiger Schnauzbart kaschiert das Lächeln nur unzulänglich, und die grüngelben Augen verraten vollends sein Vergnügen. »Das da war der Einsatz«, er deutet auf die Lire, »und hier«, er schraubt die Füllerkapsel ab, »kommt die erste Dividende.«

Auf dem Scheck stehen knapp sieben Millionen. Das läßt sich ja gut an. Es wird keine zwei Wochen dauern, bis Rudi alles verkauft hat, und so, wie es aussehe, brauche sich Martin dann in den nächsten beiden Jahren nicht übermäßig totzuarbeiten.

»Und du?« fragt Martin.

»Bei mir gehts ja mehr so in die Schulden.«

Martin holt Grappa, schenkt ein und stößt mit Rudi an. »Auf dein Wohl, Partner«, sagt er, »du bringst mir Glück.«

»Gern«, sagt Rudi, »mach ich gern.«

»Wenn du mal wieder was brauchst.«

»Jetzt erst mal reichts dann schon ein Weilchen, würd ich sagen.« Rudi hält fordernd sein Glas in die Höhe. »Jetzt erst mal kommt die Kohle rein. Immer rein und rein und rein. Es wird nachgerade eklig sein, wie das Zeug reinrauscht.«

»Ich muß noch nicht kotzen«, sagt Martin und schenkt nach.

»Kommt noch.«

Sie kennen sich erst seit vier Tagen und feixen schon wie kleine Jungs, denen es gelungen ist, eine Straßenbahn entgleisen zu lassen. Mit einem Zehnpfennigstück.

Martin kann zu Rudi ziehen. Sobald Manfred zurück ist, soll er kommen. Zwei Zimmer mit Balkon, aus denen eben eine Frau ausgezogen ist.

»Was für eine Frau?« fragt Martin, schon leicht betrunken.

»Schlechte Frau«, grinst Rudi, »böse Frau. Hat einen meiner Kunden rumgekriegt.«

Er will in der nächsten Woche nach Basel fahren, um den Fattori zurückzukaufen. Der Argentinier will ihn haben. Da sei nur noch eine Sache zu besprechen, sagt Rudi mit scheinheiligem Augenaufschlag. »Zehn Prozent?«

»Hälfte«, sagt Martin stoisch.

»Dann zahlst du die Fahrkarte, das Hotel und einen Tagessatz von achtzig Mark.«

»Mach ich«, sagt Martin. »Warst du mal Beamter oder so was?«

»Fast. Ich bin grad noch rechtzeitig abgesprungen.«

Fast jeden zweiten Tag braust Rudi jetzt heran und bringt die ländliche Ruhe mit Schecks und Geldbündeln durcheinander. Die Summen sind phantastisch. Mittlerweile kann Martin schon von der Rasanz des Wendemanövers auf die Höhe des Betrages schließen. Am Ende der Woche besitzt er über neunzigtausend Mark mehr, und ein Segantini, ein Burne-Jones und zwei Vallotons sind noch nicht verkauft. Es ist aufregend. Ach, Anne, denkt er manchmal, wenn du mich sehen könntest. Was immer zwischen Wirklichkeit und Abbild liegen mag, soll dich von mir aus begeistern. Ich habe mein Vergnügen zwischen Einkauf und Verkauf. Wirklichkeit und Abbild. Deine Arroganz mag dort ein Plätzchen haben. Mein Hochgefühl und meine vielen Lire sind auch nicht schlecht.

4.

Der Playboy blieb von nun an versteckt. Ein zufälliger Besucher hätte beim beiläufigen Durchblättern auf die verräterischen Abnutzungsspuren gerade dieser vier Seiten stoßen und sich sein Teil denken können. Martin hatte ernsthaft darüber nachgedacht, sich eine Lupe zu kaufen, so besessen studierte er die Bilder. Als könne er durch intensives Betrachten doch noch in die Schatten vordringen, in denen der Fotograf routiniert alles Wichtige belassen hatte.

Etwas anderes, als die Fotos anzusehen, blieb Martin nicht. Sie war verschwunden. An der Hochschule keine Spur von ihr. Dreimal war er an manchen Tagen im Aktsaal gewesen und schließlich irgendwann durch alle Klassen gegangen. Zwar hatte der eine oder andere sie nach seiner Schilderung erkannt, aber gesehen worden war sie nur im Aktsaal. Sie schien keiner der Klassen anzugehören. Martin gab auf, nachdem er bei allen Professoren, die Grafik oder Malerei unterrichteten, ebenso erfolglos vorgesprochen hatte. Der letzte, ein Maler namens Hanisch, reagierte arrogant und seltsam aggressiv.

»Was glauben Sie denn«, sagte der Mann. »Sie kommen in mein Atelier und beschreiben mir eine Figur mit Baskenmütze, Augenfarbe und Teint, und ich geb Ihnen die Adresse der Dame?«

»In etwa, ja.«

Der Professor trat mit der Fußspitze an die Tür, so daß sie weiter aufging: »Verschwinden Sie, los.«

»Arschloch«, sagte Martin und ging. Er war so stolz auf seine Antwort und darauf, wie der Mann schweigend und zornig die Ateliertür zuschlug, daß er sich über das unangemessene Benehmen dieses Kerls keine Gedanken machte. So beschäftigt mit Anne, daß er nur sie selbst, nicht aber ihre Spuren im Verhalten anderer suchte.

Nun sah er wahllos in die Kneipen und entschloß sich schwer, zu gehen, denn kurz nachdem er einen Ort verließ, konnte sie dort ankommen. Manchmal ging er zurück, noch vor Erreichen des nächsten Lokals, um noch einmal das eben verlassene zu überblicken.

Irgendwann bestand er die Taxiprüfung und kaufte sich zur Belohnung eine Lupe.

31.

Stolz nestelt Julian an seinem T-Shirt herum, bis er es endlich hochgezogen hat und die frische, wulstige Blinddarmnarbe zeigen kann.

»Und dafür fliegt ihr nach Deutschland?« fragt Martin.

»Du solltest mal die Metzger hier sehen.« Manfred ist müde und glücklich. »Außerdem wußten wir's ja gar nicht sicher.«

Auch seine Frau wirkt zufrieden. Ihre Skepsis gegenüber Martin ist verflogen, da sie, offenbar erstaunt, feststellt, daß der Hund gut gepflegt und die Küche aufgeräumt ist.

Fast ein bißchen wehmütig sieht Martin, wie die Familie ihre Wohnung wieder in Besitz nimmt und im Handumdrehen kein Platz mehr für ihn bleibt. Manfred schenkt ihm eine gerahmte Zeichnung, einen Esel, der auf einer Kanonenkugel fliegt, und fährt ihn mit seinen Sachen in die Stadt.

»Ach herrje, Rudi«, ruft er aus, als Martin ihm die Adresse im Viale Vignola nennt. »Der muß stocksauer sein auf mich.«

»Nein, nein. Du hast bloß ein Geschäft verpaßt.«

»Ja? Kein Luftschloß? Darin ist er nämlich gut.«

»In Luftschloß?«

»Ach komm, schreib du dein Buch in gutem Deutsch und streng mich nicht an.« Manfred lacht. »Wenn du nicht petzt, verrat ich dir, daß ich die Verabredung nicht ganz unabsichtlich vergessen habe.«

»Kein Luftschloß«, sagt Martin, »ein mordsgutes Geschäft.«

»Na ja, ich gönns ihm doch.« Sie sind da. »Komm mal zum Essen, ja?«

Eigentlich seltsam, wieviel er auf einmal mit Bildern zu tun hat. In seinem Leben mit Anne waren sie selbstverständlich gewesen, aber kein Geschäft. Bilder waren Armes Lebensinhalt. Und ein wenig auch seiner. Mit Geld hatte das nichts zu tun gehabt, oder falls doch, dann nur auf eine sehr theoretische Weise, nämlich die, daß fast niemand dafür zahlen wollte.

Seine Kenntnis ausgerechnet Fattoris verdankt er Annes Examensarbeit. Er hatte alles getippt, die Bilder eingeklebt und das Ganze zum Binden gebracht. »Fattori und die Machiaioli.« Er hat die Titelseite noch vor Augen. Man könnte fast an ausgleichende Gerechtigkeit glauben.

Es tut gut, wieder in der Stadt zu sein. Hier findet das Leben auf der Straße statt und nicht nur im Fernsehen. Er nimmt sich vor, stundenlang auf dem Balkon zu sitzen. Rudi hat ihm einen Schlüssel gegeben, bevor er nach Basel fuhr, und Martin stellt sein Gepäck in den Flur und geht durch die Wohnung.

Die Zimmer sind nicht sehr groß und auch ein wenig dunkel, aber er fühlt sich augenblicklich wohl. Die beiden ihm zugedachten Räume erkennt er daran, daß sie, von ein paar Möbeln abgesehen, leer sind, während es in Rudis Teil der Wohnung wenigstens einige persönliche Dinge gibt. Eine Stereoanlage, kunstgeschichtliche Bücher, dicke Kataloge, Marcuse, Bloch und die Mao-Bibel, ein Sofa, einen Sessel, einen Tisch und vier Stühle im Wohnzimmer, einen Schrank, einen Fernseher und eine große Matratze im Schlafzimmer.

Die Küche wirkt anders als der Rest der Wohnung. Perfekt, wie von einer Frau eingerichtet. Ein moderner Elektroherd, eine Spülmaschine, zwei Kühlschränke und viel Platz in Schränken und Schubladen. Ob Rudi gern kocht? Das träfe sich gut, denn Martin ißt gern.

Er verstaut den Inhalt seiner Tüten im Kleiderschrank und hängt den fliegenden Esel übers Bett, das auch in seinem Zimmer nur aus Matratze, Kissen, Leintuch und einer dünnen Decke besteht.

Fremde Wohnungen, denkt er, haben was Fesselndes. Er geht auf und ab und versucht sich die Stimmung einzuprägen, denn bald wird ihm dieser Platz vertraut sein und die Atmosphäre nicht mehr fühlbar. Ob Einbrecher das auch haben, diesen Sinn für die Magie fremder Wohnungen? Das müßte die Lust am Diebstahl vergrößern.

Die Zimmer wirken so unbelebt mit der Zeichnung von Manfred als einzigem Schmuck, und der Kleiderschrank ist so lächerlich leer, daß Martin sich entschließt, einkaufen zu gehen. Er will den Trubel der Stadt spüren. Von der Stille und dem Dämmer der Wohnung kann er sich auch noch später am Tag faszinieren lassen.

Er geht die Flaminia entlang zur Piazza del Popolo und hält sich dann links in Richtung der Spanischen Treppe. In dieser Gegend gibt es alles, was gut und teuer ist, und er will das meiste davon kaufen.

Knapp drei Stunden später verstaut er Tüten und Taschen voller Anzüge, Hemden und Schuhe, Krawatten, Unterwäsche, Socken, Hosen, Gürtel, Pullover und einen leichten Mantel in den Kofferraum eines Taxis und sucht in sich nach dem Hochgefühl, die unglaubliche Summe, die er ausgegeben hat, nicht einmal umrechnen zu müssen. Aber all diese Dinge einfach kaufen zu können, war schon so selbstverständlich, daß er sich regelrecht zur Freude überreden muß. Ebenso schnell, wie sich neue Kleider seinem Körper anpassen und nach Stunden schon schlampig und ausgebeult wirken, hat auch der naive Stolz aus Basel seine Bügelfalten eingebüßt. Vielleicht bin ich dafür zu protestantisch, denkt er, oder ist es meine alte Achtundsechzigermoral? Reichtum hab ich mir jedenfalls als größeres Vergnügen vorgestellt.

Nach dem Einräumen seiner Sachen zieht er sich um und schaut auf die Uhr an seinem Handgelenk. Daß er keine besaß, hätte ihn immer, wenn er die Zeit wissen wollte, an Anne erinnert. Die Uhr hat keinen Sekundenzeiger, kein Datum und keine Mondphase, aber dafür war sie fast zehnmal so teuer wie die alte. Das hat er nun doch umgerechnet.

Er geht wieder zum Centro Storico und kauft unterwegs den Spiegel. Im Caffè Greco liest er ihn von vorn bis hinten durch und läßt nur die Artikel aus, die von der Bonner Regierung handeln.

Ich werde jetzt ein Römer, denkt er abends in der Badewanne, während er den Geräuschen des Hinterhofs, den Stimmen von Kindern und Frauen, durchsetzt vom dunklen Scheppern gußeiserner Töpfe und dem Gekreisch aus einer Comicsendung im Fernsehen, lauscht. Er hat keine Lust, irgendwohin zu reisen. Jetzt nicht mehr. Mein Kleiderschrank ist hier, denkt er, mein fliegender Esel auch, und der Sinn des Lebens wird sich irgendwann schon einstellen. Muß ja nicht gleich morgen sein.

Sein »Tagebuch eines Toten« fällt ihm wieder ein. Als Toter bräuchte er einen falschen Paß.

Mitten in der Nacht wacht er auf und weiß auf einmal, was noch fehlt. Sein Bild. Dumm, daß er es nicht gleich in den Kofferraum gelegt hat, als er von Hamburg wegfuhr. Es zeigt ihn nackt, wie jedes von Annes Bildern, ist groß und in der für sie typischen sparsamen Farbigkeit gemalt. In der Hauptsache Grau, Blau, etwas Ocker und Braun, und um einen Teil seiner Silhouette liegt ein weißlich-oranger Lichtstreifen. Seine Pose ähnelt ein wenig der des Denkers von Rodin, trotzdem wirkt das Bild nicht wie die Arbeit einer Studentin. Nicht epigonal. Es hat was, wie man so schön und verlegen sagt, wenn die Kriterien Mangelware sind. Er wird es holen. Es gehört ihm.

Die blaue Stunde zwischen fünf und sechs Uhr nachmittags ist für sein Vorhaben die beste Zeit. Die Signora kauft ein, ihr Sohn schläft sich aus für die Nachtschicht, und die Rezeption der Pension ist verwaist. Bequem kann Martin über die Theke greifen und einen Paß nach dem anderen studieren. Ein Auge zur Eingangstür gerichtet, blättert er alle Pässe und Ausweise zuerst der deutschen und dann der übrigen Gäste durch. Außer einem Kanadier, der ihm entfernt ähnelt, ist leider nichts Brauchbares dabei.

Er will einen deutschen Paß für seine Reise nach Hamburg. Für das »Tagebuch« ist das eine gute Studie. Wie klaut man einen Paß, wie kommt man damit durch, und wann braucht man ihn? Er wird die Reise als Toter machen. Nur so. Als Test für die Geschichte. Vielleicht sollte er noch andere Pensionen durchsuchen? Aber dort kennt er sich nicht aus. Er hätte in jeder ein paar Tage wohnen müssen, um zu wissen, wie und wann.

Drei Tage später hat er Glück. Herr Werner Lohrner stellt ihm seinen eingeschweißten fälschungssicheren Ausweis zur Verfügung. Hoffentlich hat er nichts ausgefressen und ist in irgendeinem Fahndungscomputer gespeichert.

Martin ändert seinen Haarschnitt, kauft sich eine dünnrandige Hornbrille mit Fensterglas und eine Krawatte, die der auf dem Ausweisfoto ähnelt. Er ist froh, daß er sich schon in den letzten Wochen, nur so, um zu sehen, wie das aussieht, einen Bart hat stehen lassen. Lohrner trägt keinen auf dem Bild. Der Bart kaschiert das Wichtigste, die Mund- und Kinnpartie.

Das ist ein Spiel. Recherche für das Buch, weiter nichts. Den Ausweis wird er nur im Hotel vorlegen, an der Grenze wäre sein eigener Name die beste Tarnung. Wer sucht schon nach einem Toten? Aber in Hamburg, wenn die Daten der Gäste noch immer mit den Einwohnermeldeämtern abgeglichen werden, wäre es besser, nicht als Leiche auf Urlaub zu reisen. Leiche auf Urlaub? Auch ein guter Titel für das Buch.

32.

Er hat einen Zettel auf Rudis Küchentisch hinterlassen und daneben eine Flasche Barbaresco. *»Ich hol mir auch ein Bild, bin ca. Donnerstag wieder zurück, Gruß Martin«*, und jetzt lauscht er den langsam abnehmenden Geräuschen im Zug. Die meisten Schlafwagenpassagiere sind schon seit Bellinzona im Bett, und nur wenige stehen noch rauchend in dem schmalen Gang und stellen sich mürrisch und ergeben auf eine schlaflose Nacht ein.

In Basel sieht Martin den Perron hinauf und hinunter, ob Rudi den Frühzug nach Süden besteigt, aber da stehen nur die Zollbeamten mit müden und vom Neonlicht fahlen Gesichtern. Er hat das Abteil für sich alleine, jetzt kommt niemand mehr.

Er ist müde und ein bißchen betrunken, aber gleichzeitig voller Unruhe und weiß, er wird nicht schlafen. Freut er sich auf Hamburg? Nein, aber da ist ein Kitzel, etwas wie diebisches Vergnügen, Vorfreude auf den Bubenstreich, sich in die eigene Wohnung zu schleichen. Ein kleines, von Verbot und Heimlichkeit veredeltes Abenteuer.

Am Bahnhof Dammtor läßt er sich mit der Menge nach draußen treiben. Er fühlt sich, als wären seine Knochen geschwollen. Für einen Junitag in Hamburg ist das Wetter ungewöhnlich schön. Blauer Himmel, Sonne, Stimmen in der Luft, und die Leute machen den Eindruck, als gingen sie gern zur Arbeit. Ist das schon Nostalgie? Sein geliebtes Hamburg hat ihn wieder, wenn auch nur incognito?

Das Radisson ist zu Fuß erreichbar und für seine Zwecke das richtige Hotel. Von hier sind es nur ein paar hundert Schritte bis zum Durchschnitt, der kleinen Gasse, die von der Verbindungsbahn zur Grindelallee führt.

Er trägt sich als Lohrner ein und legt mit Herzklopfen den gestohlenen Ausweis vor. Den Koffer läßt er an der Rezeption und frühstückt, während sein Zimmer hergerichtet wird. Für den »Toten« wäre es wohl unklug, zu solch ungewöhnlicher Zeit anzureisen. Der Portier würde sich deshalb an ihn erinnern. Ist notiert, denkt er und merkt, daß er kaum noch die Augen offenhält.

Jetzt müßte er sehr vorsichtig sein. Zwar kann er davon ausgehen, daß ihn die meisten seiner Bekannten in diesem Aufzug nicht beachten würden, aber Stimme, Gang und Gestik verraten einen Menschen oft genauso wie sein Aussehen. Taxifahren wäre nicht oder nur mit größeren Vorsichtsmaßnahmen möglich, denn jederzeit könnte einer seiner ehemaligen Kollegen am Steuer sitzen und sagen: »Ich hab für deinen Kranz gespendet.«

Die Gegend um den Grindelhof war sein Kiez, alle möglichen Leute könnten ihn erkennen. Die beste Zeit, um ungesehen durch den Hausflur zu kommen, ist der Nachmittag zwischen drei und vier, denn alle Hausbewohner arbeiten tagsüber. Anne und er nahmen immer Eilbriefe und Pakete für die Nachbarn an.

Er fühlt sich frisch nach den paar Stunden Schlaf und brennt darauf, seinen kleinen Pseudo-Einbruch zu bewerkstelligen. Ob das Beil noch immer in der Tischplatte steckt? Ob Anne ihre Sachen schon abgeholt hat? Ob ihr eingefallen ist, die Wohnung zu kündigen, oder ob sie glaubt, er mache nur Urlaub irgendwo. Wenn er tot wäre, müßte sie kündigen. Was täte sie dann mit seinen Sachen?

Auf dem Weg durch den Park versucht er, anders zu gehen. Aber wer kennt schon den eigenen Gang? Er kann nicht beurteilen, ob es gelingt.

Der Hausflur ist leer, und sein Schlüssel paßt noch. Natürlich paßt er noch, er ist ja nicht tot. Und selbst dann, wegen eines Ertrunkenen wechselt niemand die Schließanlage aus. Wer sollte einbrechen? Ein Fisch?

Jemand hat das Beil aus der Tischplatte gezogen,

und die Spiegelscherben und Geldscheinschnipsel sind verschwunden. Hat Anne sie weggeworfen oder zusammengeklebt? In der Küche steht ein Blumenstrauß, und in Annes Kleiderschrank liegen Sachen, die er nicht kennt. Nichts mehr von Anne, aber Frauenkleider. Wäsche und Toilettenutensilien, ein kleiner Koffer und ein halbgefüllter Seesack. In der ganzen Wohnung ist kein einziges Bild mehr. Keine Farbtube, kein Pinsel, kein Stück Leinwand.

Kaum spürt er, wie ihm der Ärger hochkommt über diese Unverschämtheit, sein Bild mitzunehmen und dann noch irgendwen in die Wohnung zu setzen, da hört er die Türe gehen. Er drückt sich in die kleine Speisekammer im Durchgang zur Küche und zieht die Tür so weit zu, daß nur noch ein kleiner Spalt offensteht. Es ist Marlies.

Er schwitzt. Was für eine beschissene Situation. Er wohnt hier, wieso versteckt er sich? Wenn sie jetzt in die Speisekammer schaut? Sie geht, vor sich hinsummend und hier und da irgendwelche Dinge ablegend, ein paarmal an ihm vorbei und dann, nach einer kurzen Pause, nackt mit einer Flasche Shampoo in der Hand durch die Küche ins Bad. Er kann durch den Spalt nur in Richtung des Zimmers sehen und wartet, bis er die Dusche rauschen und die Tür der Kabine sich schließen hört, um so schnell und leise wie möglich aus der Wohnung zu verschwinden. Am liebsten würde er die Tür zuschlagen, so wütend ist er, aber als Toter kann er sich das nicht leisten.

Zurück im Radisson könnte er noch immer in die Möbel treten, und sein Ärger weicht nur allmählich der

Bereitschaft, gründlich nachzudenken: Sie hat sein Bild mitgenommen, wieso? Wollte sie es ausstellen? Vor zwei Monaten erst kam das Angebot. Ganz aufgeregt war sie damals, als winke hier der große Durchbruch. Eine kleine Galerie am Mittelweg, vermutlich von Volkers Renommee geblendet, war bereit, eine Einzelausstellung zu machen. Sie stotterte fast vor Freude darüber, in Pöseldorf zu hängen. Nun, das läßt sich ja nachprüfen. Er braucht nur hinzugehen und nachzusehen, ob das Bild hängt und ob es mit einem Preis oder als unverkäuflich ausgezeichnet ist.

Und die Unverschämtheit mit der Untervermietung? Wenn er nun seinerseits einfach einen Untermieter reinsetzte? Oder seinen Schlüssel einem Penner schenkte? Das wäre witzig, würde aber nur Marlies schaden. Außerdem geht das nicht als Toter. Kündigen geht auch nicht. Erst vor kurzem, bei der Verlängerung des Mietvertrags, haben sie beide als Hauptmieter unterschrieben. Er kann gar nichts machen. Als Toter hätte er vielleicht wieder ein Beil in die Kerbe schlagen können. Wäre ein effektvoller Geisterauftritt. Ich muß mal langsam mit notieren anfangen, denkt er, was die Leiche auf Urlaub alles unternimmt.

Die Galerie Renners liegt versteckt in einer Art Gartenpalais im Hinterhof. Er beobachtet den Ausstellungsraum eine Weile durchs Fenster, denn falls Anne hier wäre, müßte er später wiederkommen. Er kann ihr auf keinen Fall begegnen. Aber die junge Frau, die eben durch den Raum geht, scheint allein zu sein. Er wartet ein paar Minuten, um sicherzugehen.

Schon von außen hat er es gesehen. Er tritt ein, grüßt

und schlendert von Bild zu Bild. Er kennt jedes, denn für jedes hat er Modell gestanden. So als fange er Feuer, sieht er sich kurz darauf nach einer Preisliste um, mit der er dann seinen Weg langsam fortsetzt. Sein Bild ist unverkäuflich. Soviel Anstand hat sie immerhin.

Und wenn der Tote nun sein Bild mit ins Jenseits nähme? Das könnte Anne verstören. Überhaupt, wenn es weg wäre, das gäbe ihr eine Nuß zu knacken. Es gehört ihr nicht. Sie darf es nicht verkaufen. Und auch nicht einfach ausstellen.

Die junge Frau verschwindet im Nebenraum, wo das Telefon ausdauernd klingelt. Ohne langes Überlegen nimmt er sein Bild vorsichtig von der Wand und tauscht es gegen ein ähnliches, das als verkäuflich ausgezeichnet ist. Sein Herz schlägt bis in die Mandeln, so laut hört er das Quietschen der eigenen Sohlen und so leise die Stimme im Nebenzimmer. Als die Frau zurückkommt, sagt er, sich räuspernd, als sei er endlich zu einer Entscheidung gelangt: »Das hier will ich. Aber ich muß es sofort mitnehmen können. Bis zum Abbau der Ausstellung kann ich nicht warten.«

Die junge Frau wirkt unsicher. »Das ist aber nicht üblich.«

Er verkneift sich die freche Antwort, hier sei das Verkaufen an sich wohl nicht üblich, denn an keinem einzigen der Bilder klebt ein roter Punkt.

»Nein wirklich, ich glaube, das geht nicht.«

»Meinen Sie nicht, die Künstlerin wäre froh, überhaupt was zu verkaufen?«

»Tja, vielleicht.« Sie sieht aus, als beherrsche sie nur mit Mühe den Impuls, an ihren Fingernägeln zu kauen. »Moment mal, ich kann ja anrufen.«

Aus dem Nebenzimmer hört er sie fragen, ob Frau Boro zu sprechen sei, und dann, nach einer Pause, ob sie ein Bild direkt aus der Ausstellung verkaufen dürfe. »Danke, Herr Hanisch, und grüßen Sie Frau Boro«, sagt sie dann und kommt in den Raum zurück. »Alles klar, es geht, aber Sie müssen bar bezahlen.«

Das Taxi winkt er erst heran, als er sicher ist, den Fahrer nicht zu kennen. Er verstaut das gut verpackte Bild auf dem Rücksitz und fährt zum Hauptbahnhof, wo er es als Reisegepäck nach Rom, Stazione Termini, aufgibt. Es ist ohne Glas und Rahmen. Ihm wird schon nichts passieren. Die Pappe der Verpackung ist stark.

Im Hotelzimmer geht er auf und ab und freut sich über den Coup. Anne wird erschrecken. Was, wenn er auftauchte und sein Bild haben wollte? Dann konnte sie viel erzählen. Wieso sollte er ihr glauben, daß ein Versehen der Galerie an dem Verkauf schuld sei?

Für seine Geschichte würde er das Ganze ein wenig umbauen. Da ihn Anne ja für tot hielte, wäre das Bild wie alle anderen als verkäuflich ausgezeichnet worden. Aber immer noch gespenstisch genug, daß ausgerechnet dieses und nur dieses von irgendwem gekauft wurde. In der Geschichte stünde er jetzt im Hotelzimmer, von fassungsloser Wut über ihre Gefühllosigkeit geschüttelt, und stellte sich vor, wie er sie ohrfeigte, lustvoll und gnadenlos ihren erstaunten Kopf von einer Hand in die andere schlüge. Er muß raus hier, wenigstens große Schritte machen. Egal in welche Richtung.

Zum ersten Mal in seinem Leben spricht er eine Hure an. Ein schönes, intelligent aussehendes Mädchen in

Jeans und Sweatshirt, das wartend herumsteht, als sei es verabredet.

»Was sagt der routinierte Freier in so einem Fall?« fragt er.

Sie verzieht keine Miene, sieht ihn nur flüchtig an, um ihr Gesicht gleich wieder der Straße zuzuwenden.

»Welcher Freier?«

»Ich weiß eben nicht, wie's geht.«

»Hm, er fragt: Wieviel.«

»Wieviel?«

»Kommt drauf an. Ficken zweihundert.«

»Ja bitte«, sagt er.

Sie geht voraus, biegt in einen Eingang, steigt eine Treppe hoch und bleibt auf dem ersten Absatz stehen, an einem kleinen Tisch, hinter dem ein dunkelhäutiger Mann sitzt. Sie streckt Martin die Hand hin, sagt: »Achtzig« und wackelt ungeduldig mit den Fingern. »Fürs Zimmer.«

Er legt ihr das Geld in die Hand, sie legt es in die des Mannes und schnaubt verächtlich, als Martin sagt: »Das ist was für reiche Leute.«

»Bist du doch.«

Im nächsten Stockwerk angekommen, geht sie in das dritte Zimmer auf dem Flur und hält ihm, nachdem er eingetreten ist, wieder die Hand mit den ungeduldigen Fingern hin: »Zweihundert.«

Wenn sie so weitermacht mit diesem arroganten Getue, dieser Art, an ihm vorbeizusehen, dann findet er sie gleich nicht mehr schön. Ohnehin wird ihm immer seltsamer zumute. Schon kostet es ihn Anstrengung, den Impuls, aus dem heraus er sich an sie wandte, nicht zu bereuen.

Sie zieht sich aus. Wieder ohne ihn dabei anzusehen. Dann greift sie in ihre Tasche und streckt ihm erneut die Hand hin. Diesmal liegt ein eingepacktes Kondom darin. »Wasch dich«, sagt sie zum Fenster hinaus.

Er nimmt sein Jackett von der Stuhllehne. »Ich glaub, ich laß es lieber«, sagt er. »Sei nicht böse.«

Jetzt endlich sieht sie ihn an. Aber nicht überrascht, wie er erwartet hat, sondern mißtrauisch, als rechne sie damit, daß er sein Geld wieder zurück will.

»Bezahlt ist bezahlt«, sagt er und spürt seine Unsicherheit. Höchste Zeit, sich zu verziehen, bevor er die Selbstachtung vollständig verloren haben wird.

Mit einem Schulterzucken zieht sie sich an. Er hält schon die Klinke in der Hand, als er fragt: »Muß das jeder bei dir aushalten, daß du so unfreundlich bist, oder liegt das an mir?«

»Willst auch noch geliebt werden, hah?« Jetzt liegt der Anflug eines Lächelns um ihren Mund. Aber vielleicht bildet er sich das auch nur ein. »Kostet mehr als zweihundert«, sagt sie noch, »geliebt werden kostet viel mehr.«

»Aus welchem Film hast du das, irgendwas mit Jodie Foster?« Er glaubt ihr das Theater nicht mehr. Sie riecht die Skrupel und nutzt seine Unsicherheit aus, weil er ihr die Chance dazu gibt. Einmal weniger arbeiten fürs gleiche Geld. So einfach ist das. Sie schüttelt nur höhnisch den Kopf und zieht sich ihr Sweatshirt über die Brüste.

Ihm fällt nichts Besseres mehr ein, als mit dem nutzlosen Kondompäckchen nach ihr zu werfen, aber nicht einmal das gelingt, er verfehlt sie. Sie hat recht, ihn so abfahren zu lassen. Er taugt nicht dazu.

Der Whisky aus der Minibar und der letzte Nacht entbehrte Schlaf verkürzen ihm gnädig die Zeit, die er braucht, um diese lächerliche Schlappe zu vergessen.

5.

Auch die Lupe half nicht. Weiter als der Playboy erlaubt, dringt niemand in die Schatten der Bilder ein. Martin fühlte sich unwohl. Das war wie Reliquienverehrung. Ersatz. Ein Stück Hochglanzpapier. Aber was blieb ihm sonst? Er begehrte sie. Er war verliebt und wollte sie nicht nur haben, sie nicht nur berühren und auf sich legen wie Mull auf eine Wunde, er wollte auch teilen mit ihr. Selbst wenn er nichts zu bieten hätte als seine Bereitschaft, zuzuhören und ihre Höhenflüge mit den Gedanken nachzuzeichnen; er wollte Teil werden ihrer Lust am Leben und Teil dieser unverhohlenen Sucht nach mehr.

Die Nachtschichten, die er jetzt fuhr, taten ein übriges, ihn aus der Wirklichkeit in eine Art Zwischenwelt zu versetzen, einen dämmrigen Zustand erstaunter Skepsis, in dem die Dinge so oder anders sein konnten, normal und seltsam zugleich. Normal war es und seltsam, nur mit ein paar Fotos und den Vorstellungen, die er sich von dieser Frau machte, zu leben und dabei nichts außer ihr zu vermissen.

Seine wenigen Bekanntschaften verliefen im Sande, denn er fuhr, wenn sich die anderen amüsierten, und hatte frei, wenn sie arbeiteten. Die Kontakte brachen sang- und klanglos ab. Anfangs noch selten und dann schon bald nie mehr hörte er den Satz, wir sollten mal wieder was zusammen unternehmen, wenn jemand, den er kannte, aus seinem Wagen stieg.

Er lernte, sich wortkarg zu geben, um Geschwätz vorzubeugen, und männlich, um die Streitlustigen in ihre Schranken zu weisen. Zum ersten Mal in seinem Leben veränderte er sich bewußt, beobachtete sich dabei und fragte sich immer wieder, wird sie das mögen, wird sie das verstehen, wenn du so bist oder so? Manchmal fuhr er extra an der Hochschule vorbei, aber der Bau war immer dunkel. Er hoffte, sie würde eines Tages hinter ihm sitzen, die Tür zuschlagen und sagen: »Zu dir.«

33.

Rudi hat den Fattori gekauft. Als Martin zurückkommt, ist das Bild schon auf dem Weg nach Buenos Aires. Er setzt sich an den Küchentisch, und vor ihm landet wieder mal ein Bündel Scheine.

»Tageskurs von heute«, sagt Rudi. »Besser für dich.« Es sind knapp neuntausend Mark.

Martin packt sein Bild aus und lehnt es an die Wand.

»Gut«, sagt Rudi nach einer Weile. »Guter Maler.«

»Malerin.«

»Ah?« Er beugt sich vor, um die Signatur anzusehen. »Im Geschäft?«

»Nein, überhaupt nicht.«

»Tja, als Frau.«

»Wieso, als Frau, wie meinst du das?«

»Frauen haben die schlechteren Karten«, sagt Rudi und lehnt sich zurück. »So mein ich das. Als Mann könnte die zur Zeit was werden. Hat alles, was grade beliebt ist. Figürlich, überschaubar, zitiert die klassische Moderne, ohne ihr nachzueifern – doch. Vielleicht könnte sie ein bißchen gröber malen, mehr Schmutz, mehr Zufall, weniger Eleganz und weniger Malkultur. Und weniger Mühe. Mühe ist unmodern. Ungenial. Genial ist hingehauen. Sie müßte mehr hinhauen.«

»Sag ihr das.«

»Das klingt so muffig. Bist du sauer? Soll ich so was nicht sagen?«

Martin ist verwirrt. Ein so kenntnisreiches Urteil hätte er von Rudi nicht erwartet. Das klingt ja fast wie Liebe zur Malerei. Er hatte geglaubt, Rudi sei nur des Geldes wegen mit Kunst beschäftigt. Und auf einmal klingt er wie ein weiterer Anwärter auf Annes Verführungskünste. Einer, der auch bereit gewesen wäre, den Katapult zu spannen. Auf eine indirekte Art kommt Martin sich auch abgekanzelt vor. So als wolle Rudi ihm zu verstehen geben, daß er als Fachmann einen anderen Zugang habe und besser verbriefte Rechte, ein Bild wie dieses zu genießen.

»Ja, nein. Hat nichts mit dir zu tun«, lügt Martin. »Da ist nur eine gewisse Unordnung in meinen Gedanken über die Frau und ihre Bilder.«

Und wieder überrascht ihn Rudi, denn er sagt: »Gedanken? Du meinst Gefühle, hm?«

»Stimmt«, sagt Martin verblüfft, »aber seit wann redet man unter Männern von Gefühlen? Bist du etwa psycho? Oder schwul?«

Rudi lacht laut und lange und sagt schließlich nur: »Wo lebst du denn? Im Zweiten Weltkrieg?«

Eine Zeitlang schweigen sie. Das war ein paar Grade zu intim, und jetzt fürchten sie die Konsequenzen. So gute Freunde sind sie nicht, daß sie einander solche Dinge fragen können, ohne hinterher verlegen jeder in eine andere Richtung zu schauen. Genaugenommen sind sie gar keine Freunde.

»Jedenfalls kann die Frau malen«, sagt Rudi und steht auf. »Ich muß los.«

Martin trägt das Bild in sein Zimmer und hängt es an die Wand gegenüber seinem Bett, so daß er es im Liegen betrachten kann.

Rudi ist die Treppe wieder hochgehastet und steht keuchend in der Tür. »Die schlechte Nachricht hab ich dir ja noch gar nicht gesagt. Sharon hat sich dein Auto klauen lassen. Sie war schon zweimal da und ist total zerknirscht.«

»Ach du Scheiße.«

»In Padua. Über Nacht war's futsch. Sie ist nicht zur Polizei, sagt sie, hat sich nicht getraut. Ist einfach mit der Bahn weiter.«

Martin zuckt mit den Schultern, und Rudi geht wieder. Schade. Aber kein Grund, sich zu ärgern. Siehst dir halt die Gegend alleine an. Hoffentlich sind sie nett zu dir, wer immer dich geklaut hat. Machs gut. Viel Spaß in Afrika oder Albanien.

Sollte er zur Polizei? Den Wagen abmelden? Nein. Schließlich ist er tot. Untergetaucht. Das deutsche Finanzamt und die Versicherung würden sowieso nichts mehr von ihm hören, wozu also hier überflüssige Lebenszeichen von sich geben, die irgendwann mal von

Computer zu Computer weitergereicht werden konnten. Er existiert nicht, und das ist gut. Drei Jahre gilt sein Ausweis noch, so lange braucht er sich keine Gedanken zu machen. So lange kann er nach Herzenslust tot sein.

In der Lavanderia, wo er seine Wäsche abgibt, und auf dem Weg danach zur Stadt geht der Gedanke in ihm um: Wenn ich nun Annes Bilder kaufe? Könnte ich nicht versuchen, hier in Rom, mit Rudis Unterstützung, ihre Karriere voranzutreiben? Der große Unbekannte? Geld hab ich. Geld kann einiges erreichen. Sie wird es alleine nicht schaffen. Nicht mit ihrer Künstlerarroganz, diesem stets beleidigten Warten darauf, daß die Welt sie endlich entdecken möge, anstatt selber einen Schritt zu tun. Die Bilder verdienen doch Beachtung, die sind doch gut. Und mir wird nicht langweilig. Wer weiß, vielleicht verdiene ich sogar daran? Und das Beste: Sie müßte mir dankbar sein. Was für ein wunderbarer Witz.

6.

Wochen waren vergangen, als er eines Nachts bei sich zu Hause vorbeifuhr, um ein neues Buch zu holen. Es lief so gut wie nichts, und er wollte weder im Wagen einschlafen noch seine Zeit mit dem Gerede der Kollegen vertun. Im Näherkommen sah er ein Häufchen Elend auf der Treppe sitzen. Das willkommenste Häufchen Elend, das er sich vorstellen konnte. Sie trug eine rote Baskenmütze und einen dünnen roten Schal. Ihre Augen waren verweint, und sie rauchte mit zittrigen Händen eine wie naß riechende Gitane. Etwas in ihm hüpfte vom Magen bis unter die Nase, doch er zügelte seine Freude angesichts ihrer offenkundigen Misere.

»Kann ich heut nacht bei dir schlafen?«

»Ja, klar«, sagte er und half ihr auf. »Was ist denn los?«

Sie antwortete nicht, ging nur mit hängenden Schultern schweigend vor ihm her, und erst als sie im Zimmer Schal und Jacke von sich warf, sagte sie leise: »Ich wußte niemand sonst.«

Nicht gerade ein Kompliment für ihn, aber er würde jetzt keine Erbsen zählen. Nicht nach den Wochen ergebnisloser Suche, da sie endlich wieder da war.

»Ich hab dich gesucht«, sagte er, und sie sah ihn erstaunt, fast zweifelnd an, als ergäbe das für sie keinen Sinn.

Er blieb in der Tür stehen. Vielleicht war sie froh, das Bett nicht mit ihm teilen zu müssen. Der Blick, den sie uneingeladen in den Kühlschrank warf, zeigte schon wieder etwas von ihrer alten, wohlbekannten Selbstsicherheit.

»Nimm, was du willst«, sagte er, »ich bin so gegen acht Uhr wieder da.«

»Ich will nur schlafen«, sagte sie.

»Willst du nicht sagen, was los ist?«

»Nur schlafen.«

Noch bevor er die Tür ganz geschlossen hatte, zog sie sich den Pullover über den Kopf. Als zählten seine Blicke nicht.

Das Buch hatte er vergessen, aber er würde auch so

wach bleiben. Hinreichend beschäftigt mit dem Zählen der Minuten bis acht Uhr.

Bevor er den Wagen abgab, hielt er bei einem Lebensmittelladen, dessen Türen gerade geöffnet wurden, und kaufte Obst, Brötchen, Milch und eine Zahnbürste für sie. Von der Zentrale hatte er es nicht weit bis nach Hause, und so stand er kurz vor halb neun im Zimmer, wo sie, wie er gehofft hatte, zusammengeringelt und noch kleiner als in seiner Vorstellung schlief.

Er wollte sie nicht wecken, sah sie nur an und fühlte sich dabei stark und gut und ritterlich. Ihre Zartheit schien durch seine Decke. Er würde sie beschützen. Gern hätte er ihre winzigen Finger geküßt oder eines dieser Mäusehändchen an sein Gesicht gehalten, aber er tat nichts dergleichen, sondern ging leise in die Küche, wo er bald, den Kopf auf die Arme gelegt, einschlief.

Das Rauschen der Dusche weckte ihn auf. Sie mußte sich direkt neben ihm ausgezogen haben, denn er sah ihre Wäsche und ein T-Shirt über der anderen Stuhllehne hängen. Durch das geriffelte Glas der Kabine war eine vage rosa Erscheinung zu sehen, und nur wenn ein Arm oder Knie dem Glas näher kam, ergab sich ein für kurze Zeit erkennbares Bild.

Er saß still und hoffte, sie würde sich der Scheibe nähern, aber als er etwas Dunkles zu sehen glaubte, erschien es ihm wie Einbildung. Sofort, als sie das Wasser abstellte, sagte er: »Morgen. Gut geschlafen?«

Die Schiebetür öffnete sich einen Spaltbreit, und ihr Arm reckte sich daraus hervor. Eine nasse, nervöse Hand schlenkerte im Leeren herum, und ihre Stimme sagte: »Handtuch.«

Er reichte es ihr, und sie zog das Handtuch in die Kabine, ohne den Spalt zu verbreitern. Zählten seine Blicke also doch.

In den Stoff gewickelt, kletterte sie aus der Kabine und setzte sich an den Tisch, während er sich daran machte, das Frühstück herzurichten.

34.

Die Idee, Annes heimlicher Mäzen zu werden, geht ihm nicht mehr aus dem Kopf. Wenn Rudi sich ein wenig auskennt, müßte das doch gehen. Vielleicht kann man sie aufbauen. Warum denn nicht? In Rom leben Kunstkäufer, es ist immerhin eine Metropole. Von hier aus wäre New York oder London vielleicht nicht so weit wie von Hamburg. Und womöglich sogar Geld zu verdienen mit ihrer Arbeit, das wäre ein hübscher kleiner Triumph. Weit besser als das Wegschmeißen der Uhr.

Rudi ist im Laden und poliert einen Biedermeiertisch. »Das kann man schon versuchen«, sagt er, »aber ob es klappt? Ich bin nicht Peggy Guggenheim.«

»Tja, aber versuchen ist doch schon was«, sagt Martin.

»Und Geld wirds auch kosten.«

»Geld hab ich. Vielleicht springt ja sogar noch was raus dabei. Kann doch sein.«

»Kann. Muß nicht.«

Rudi sieht eine Weile aus dem Fenster, putzt an einer Lampe herum und sagt schließlich: »Also, interessant wär's schon. Wer will nicht wissen, ob er den Markt beeinflussen kann? Ein Experiment wär's.«

»Also komm, versuchen wir's«, drängt Martin. »Ich bring das Geld und du die Kontakte.«

»Und die brillanten Ideen.«

»Ja, die auch.«

»Hälfte?« Rudi lacht ihm ins Gesicht.

»Drittel.«

»Hälfte.«

»Aber erwarte nicht zuviel«, sagt Rudi am nächsten Morgen. »Das kann auch gründlich schiefgehen. Ist eher ein Experiment als sonst was. Keine sichere Sache. Wenn wir Pech haben, dann bist du bloß dein Geld los.«

»Dann bin ich halt ihr Sammler«, sagt Martin, »ist doch auch nicht schlecht. Ich wollte schon immer ein Kunstsammler sein.«

»Aber Sammler behalten noch was von ihrem Geld für die nächsten Bilder.«

»Oh, keine Angst. Bei den Preisen, die sie bis jetzt nehmen kann, werd ich nicht arm.«

»So gestopft bist du?«

»Schwer gestopft.«

»Kannst Rudi zu mir sagen. Und meine Lieblingskuh werden.«

»Zum Melken?«

»Mhm.«

»Heh, Kuh, ich brauch noch bißchen Milch«, sagt Rudi später am Tag, als er kurz vom Laden in die Wohnung kommt. »Kannst wieder was dazuverdienen.«

Einer seiner Zuträger, ein Anwalt, den er für jeden Tip bezahlt, hat ihm die Konkursmasse eines Uhrengeschäftes angeboten, und er will ein paar alte Uhren daraus haben.

»Die könnte ich schon allein bezahlen«, sagt er, »so flüssig bin ich. Aber da liegt eine Unmenge alter Swatch-Uhren herum, die steigen immer noch im Wert. Wenn ich die ein halbes Jahr liegen lasse, bringen sie Geld. Und so lang kann ich mir kein totes Kapital leisten. Nicht bei meiner Finanzlage.« Er braucht achttausend Mark.

»Aber eins sag ich dir gleich: Mehr als ein Drittel vom Gewinn kriegst du nicht.«

»Hälfte«, sagt Martin.

Rudi grinst und stöhnt.

In einer Trattoria am Largo Chigi beraten sie abends, wie man am besten an die Bilder käme.

»Du bist der Strohmann«, sagt Martin, »und hast ihre Ausstellung in Hamburg gesehen. Du arbeitest für mehrere Sammler und bietest ihr an, ihr gesamtes bisheriges Werk zu einem Sonderpreis zu kaufen. Wenn deine Sammler anbeißen, sagst du, steigt ihr Marktwert und ihr Ruf, oder so.«

»Von dir darf sie nichts wissen?« fragt Rudi.

»Nein, ich bin tot.«

»Oh, tot? Gehts nicht ' ne Nummer kleiner?«

»Nein. Und lock sie nicht auf meine Spur. Nix von Rom. Du kommst aus irgendeiner anderen Stadt.«

»Das klingt ein bißchen kriminell. Willst du der Dame eins auswischen?«

Martin überlegt. Will er das? Er weiß es nicht. Fest steht nur, er will die Bilder und versuchen, sie bekannt zu machen.

»Nein, wo denkst du hin.«

»Ich meinte, das aus deinem Engagement irgendwie rauszuhören.«

»Na ja, insofern vielleicht, als ich so viel wie möglich an ihr verdienen will. Mehr als sie mitkriegt mindestens. Wenn mans so betrachtet, ist das ihr eins ausgewischt. Sie schuldet mir was.«

»Ihr helfen und sie bescheißen, das willst du, stimmt's?«

»Ein bißchen ruppig ausgedrückt, aber kommt in etwa hin, ja.«

»Na ja«, sagt Rudi skeptisch, »wenns klappt, machts vielleicht Spaß. Wenns nicht klappt, haust du Geld raus und dekorierst deinen Slum mit den Bildern. Ist doch auch was.«

»Eben«, sagt Martin und will sich gerade zufrieden zurücklehnen, als ihm einfällt, daß das Ganze an Hanischs Anwesenheit scheitern könnte. Wenn der sich als Beschützer und Manager aufspielt, kann man sich den Kauf wohl in die Haare schmieren.

»Professor ist der?« fragt Rudi. »Dann muß er ja auch mal was arbeiten. Man kann ihn vielleicht umgehen. Laß mich probieren. Hamburg wollte ich schon lang mal wieder sehen. Der Prof muß keine Hürde sein. Du darfst nicht gleich schlappmachen. Wenn ihre Preise dir zu hoch sind, kannst du ja mit weniger Bildern anfangen.«

»Nein, ich will alle. Zu einem gescheiten Preis.«
»Hm, na ja, dein Geld. Ich hau es gerne raus.«
»Wenn du Hanisch rumkriegst, dann bist du ein Genie.«
»Ist das der Prof?«
»Mhm.«
Auf einmal kommt ihm der Plan absurd vor. Wieso sollte Anne ihre Bilder alle auf einmal verkaufen? Zu Preisen von drei- bis fünfhundert Mark? Aber sie braucht immer Geld. Und etwa fünfzehntausend Mark sind für sie eine beachtliche Summe.

»Komm«, sagt Rudi, der den Stimmungsumschwung spürt. »Bloß kein Defätismus jetzt. Vielleicht klappts ja. Irgendwas machen wir schon draus. Du bringst mir ja schließlich Glück als Partner.«

»Dito«, sagt Martin.

7.

Sie kam jetzt schon seit einigen Tagen, füllte den Kühlschrank mit Bier und überließ ihm jeden Morgen sein Bett. Er versuchte, sich nicht anmerken zu lassen, wie eilig er es hatte, unter die Decke zu schlüpfen, um in ihrer Wärme einzuschlafen.

Eines Nachmittags wachte er frierend auf und sah sie mit irgendwas beschäftigt am Tisch sitzen. Er zog die Decke über sich, denn er hatte nackt geschlafen, da sagte sie: »Halt, warte. Ich habs gleich.«

Sie drehte den Block um und zeigte ihm die Skizze. Sie hatte ihn gezeichnet.

»Du warst das beste Modell im Aktsaal«, sagte sie. »Seit du nicht mehr kommst, geh ich auch nicht mehr hin.«

»Hast du etwa meine Decke weggezogen?«

»Ja.«

Er konnte nicht sprechen vor Zorn. Er stand auf, zog sich an und ging in die Küche, um Kaffee aufzusetzen. Kurze Zeit später kam sie hinterher. Sie schien seinen Ärger zu spüren, denn sie legte ihre Hand auf seinen Arm und sagte: »Komm schon. Ich bestehl dich doch nicht.«

»Und ob du das tust.« Seine Stimme klang lauter, als ihm recht war: »Du nimmst mich einfach, ohne zu fragen. Was ist das, wenn nicht stehlen?«

»Also nehmen«, sie lachte, »unter nehmen stellt man sich aber was anderes vor.«

Ihm war nicht nach Lachen zumute. »Ich werde gefragt, wenn man mich zeichnet. Normalerweise sogar bezahlt.«

Er wußte, was sie jetzt tun würde, und fiel ihr in den Arm. »Kannst du stecken lassen. Wenn du hier mit einem Zehnmarkschein wedelst, kannst du gleich gehen.«

Für einen Augenblick sah es aus, als wolle sie wütend aus der Küche rennen, aber dann gelang es ihr, sich zu fassen, und sie lachte wieder. Wenn auch ein wenig künstlich.

»Es wär ein Fünfziger gewesen, und ich bitte dich darum, mir zu sitzen. Es ist wichtig für mich. Ich brauch dich.«

»Als Modell?«

Sie nickte.

»Dann dreh beim nächstenmal die Heizung hoch.«

Sie nahm sein Gesicht in beide Hände, zog ihn zu sich herab und küßte ihn schmatzend auf den Mund. Dann half sie ihm, Spaghetti zu kochen, und schnitt alle Tomaten und Zwiebeln klein.

Später in der Nacht kam sie zum Taxistand, klopfte an sein Wagenfenster und stieg auf der Beifahrerseite ein.

»Davon hab ich wochenlang geträumt«, sagte er und legte die Hände aufs Lenkrad. Und wieder sah sie ihn an, als seien Bemerkungen dieser Art nicht vorgesehen. Sie schwieg und lehnte sich in den Sitz zurück.

Er hängte den Gebührenzähler ab und fragte, wohin sie wolle. Dann startete er den Wagen und fuhr los.

»Zu mir«, sagte sie. »Durchschnitt zehn. Weißt du wo?«

»Geht von der Grindel ab«, sagte er, stolz auf den noch frisch gespeicherten Stadtplan in seinem Kopf.

»Warte bitte«, sagte sie dort, stieg aus und verschwand in dem dunklen Mietshaus. Nach wenigen Minuten kam sie mit einer Plastiktüte in der Hand wieder heraus. »Das Arschloch ist tatsächlich ausgezogen. Bin ich froh.«

»Wer?«

»Schon vergessen. Wenn ich das neue Türschloß hab, lad ich dich zu mir ein. Aber vorher trau ich mich nicht nach Hause.«

»Ist der so gefährlich?«

»Ich will nicht von ihm reden.«

»Dann werd ich nicht weiter in dich dringen.« Nach diesem Satz hing ein so deutliches Schweigen in der Luft, daß Martin bei der nächsten Gelegenheit, die ihm der Verkehr ließ, den Kopf wandte. Sie grinste übers ganze Gesicht.

»Nicht in mich dringen, häh?«

Bei sich zu Hause setzte er sie ab, und als er den Tacho wieder anhängte, sagte sie: »Du bist ein höflicher Mensch. Und ich bin dir dankbar. Bis Morgen.«

Er wartete noch, bis oben in der Wohnung die Lichter angingen, dann fuhr er los, zurück zum Taxistand.

In dieser Nacht war viel zu tun, er stand nie länger als eine Viertelstunde, aber die Zeit verging von ihm fast unbemerkt, denn Annes »Nicht in mich dringen, häh« kreiste ihm wie Musik im Kopf. Dieser Satz schaffte, was die Lupe nicht vermocht hatte.

Die letzten beiden Male war sie wach gewesen, wenn er nach Hause kam. Wollte sie sein Bett freigeben oder vermeiden, daß er sich zu ihr legte. Es gefiel ihm, von ihr empfangen zu werden. An diesem Morgen jedoch schlief sie tief, und er setzte sich leise wie beim ersten Mal an seinen Küchentisch.

Er war auf Seite drei der Morgenpost, als er sie aufstehen und heranschlurfen hörte.

»Hallo.« Sie fuhr sich verschlafen mit der Hand durch die Haare. »Sitzt du da schon lang?«

Er schaute auf seine Armbanduhr und schüttelte den Kopf.

»Du mußt dich bitte umdrehn«, sagte sie, nahm ihn bei den Schultern und drehte ihn so, daß er mit dem Rücken zur Duschkabine saß. Diese Haltung war unbequem, aber er nahm sie gern in Kauf, denn so konnte er ihr Spiegelbild im Küchenfenster sehen. Die Tage wurden allmählich kürzer, und der Himmel war grau verhangen, deshalb brannte in der Küche noch das Licht.

Sie zog sich ihr T-Shirt über den Kopf, und als sie sich niederbeugte, um das Höschen abzustreifen, fielen ihre Brüste nach vorn, und er hielt den Atem an. Sie beugte sich noch tiefer, so daß der Tisch sie verbarg, und als sie wieder auftauchte, sah ihm ihr Spiegelbild direkt in die Augen.

»Hab ich gewußt«, sagte sie, aber es klang nicht entrüstet. Schnell verschwand sie in der Duschkabine und zog die Tür zu.

»Auch nicht mit den Augen«, sagte sie, als das Wasser zu fließen begann.

»Was nicht mit den Augen?«

»In mich dringen.«

»Sagte das Playboy-Modell mit den Heerscharen gebrochener Herzen hinter sich.«

»Fotos«, sagte sie verächtlich, »Fotos leben nicht. Ich lebe.«

Das mache es schöner, wollte er sagen, verkniff sich aber die Bemerkung. So leicht, wie es sollte, würde es nicht klingen, denn er hatte noch immer ihre Brüste vor Augen und den Blick, mit dem sie ihn eben ertappt hatte. Er stand vom Tisch auf und legte sich nebenan ins Bett. Als sie aus der Dusche kam, fragte er: »Wieso hab ich dich an der Hochschule nicht gefunden?«

»Ich studier dort schon lang nicht mehr.«

»Aber du warst doch beim Aktzeichnen?«

»Aber nicht mehr als Studentin«, sagte sie. »Mein Malereistudium ist schon lang fertig. Ich steh kurz vor dem Examen in Kunstgeschichte. An der Uni.«

Sie hantierte mit der Kaffeemaschine, raschelte mit

der Zeitung und klimperte mit Besteck. Er dämmerte langsam weg und antwortete schon im Halbschlaf, als sie ihn fragte: »Kann ich dich heut zeichnen?«

»Nach dem Frühstück. Weck mich. Halb fünf.«

Das Plätschern und Gurgeln des Kaffees aus der Maschine träumte er schon.

35.

Seit einiger Zeit läßt er den Stadtplan zu Hause, wenn er zu Fuß ins Zentrum geht. Inzwischen reicht sein Italienisch schon für Fragen nach dem Weg. Meist geht er jedoch ohne festes Ziel und läßt sich mit den Menschenströmen treiben.

Die Touristen beachtet er nicht, nur manchmal denkt er, als Toter müßte ich aufpassen, daß mich niemand erkennt. Alle Welt ist in Rom, mich könnte jederzeit einer ansprechen. Aber das passiert nie. Vielleicht weil er immer öfter durch die Seitenstraßen geht. Er fühlt sich schon fast als Römer, denn er kennt jetzt ihre Wege durch die Stadt.

Gestern ist Rudi nach Hamburg gefahren. Die Pläne, die sie geschmiedet hatten, kann Martin für seine Geschichte brauchen. Wie Pingpongbälle waren die Probleme und Lösungsvorschläge zwischen ihnen hin- und hergeflogen.

»Wird sie bereit sein, den Galeristen um seinen Anteil zu bescheißen?« fragte Rudi. »Sie verdankt ihm, daß ich ihre Bilder entdecke.«

»Jede Wette. Kennst du einen Künstler, der nicht über Leichen geht?«

»Und wie hab ich ihre Adresse rausgefunden?«

»Du hast im Telefonbuch nachgesehen. Der Galerist hat sie dir natürlich nicht gegeben, weil er gerochen hat, daß du ihn umgehen willst.«

»Hast du nicht gesagt, sie hat ein Pseudonym?«

»Doch, du hast recht. Aber warte mal, das Pseudonym fängt an wie ihr Familienname. Boro, Borowsky. Du hast dir deinen Teil gedacht und alle weiblichen Teilnehmer mit Boro am Anfang angerufen. Sie ist die fünfte oder so.«

»Mhm, wenn sie ein bißchen leichtgläubig ist, könnte das gehen. Da kann sie meinen Scharfsinn bewundern. Ist sie ein bißchen leichtgläubig?«

»Ach nein! Verdammt! Sie wohnt ja bei Hanisch, und den kannst du nicht kennen.«

»Moment, ich kann doch in ihrer eigenen Wohnung angerufen und nach ihr gefragt haben. Die Nachmieter haben mir die Nummer gegeben.«

»Jetzt bewundere ich deinen Scharfsinn.«

»Ich ruf da wirklich an, dann kann sie die Nachmieter fragen.«

So ging es hin und her, bis Rudi sich einigermaßen sicher fühlte. Er versprach, sich zu melden, falls irgend etwas Unerwartetes geschähe.

»Pronto?« sagt Martin in den Hörer und ist bereit, seinen gelernten Satz abzuspulen, falls die Stimme am anderen Ende Italienisch zu sprechen anfinge.

»This is Sharon, bist du das, Martin?«

»Ja. Hallo.«

»Are you mad at me? Bist du mir böse?«

»Nein. Aber nein. Dafür kannst du doch nichts. Mach dir keine Gedanken.«

»Ich wollte dich und Rudi für übermorgen abend zu Manfred einladen. Er sagt, du bist einsam. Er macht ein Fest in seiner Garten und hat mich gefragt, euch zu sagen.«

»Ja, gern. Rudi ist aber weg. Weiß nicht, ob er rechtzeitig kommt.«

»Ja. Hauptsache, du.«

»O.K. Ich komm gern.«

»Martin?«

»Ja?«

»Es tut mir wirklich leid. Ehrlich.«

»Schon gut. Ich bin nicht sauer. Auch ehrlich.«

»Martin?«

»Hm?«

»Bist du wirklich einsam?«

Er muß nachdenken, um diese Frage richtig zu beantworten. Ist er einsam? Vielleicht, ja. Irgendwas spürt er bei diesem Wort, und es ist nichts Angenehmes.

»Könnte sein. Doch. Aber vielleicht will ich es so haben.«

Sein Schweigen hat zu lang gedauert.

»See you there«, sagt Sharon und legt auf.

Er hat sie völlig vergessen. Dabei war er bei Franca Brauckner so vernarrt in sie gewesen, daß er ihr den Wagen regelrecht aufgedrängt hatte. Nun ja, jetzt, mit ihrer Stimme im Ohr, hat er auch ihr Bild wieder vor Augen. Ihm gehen Vorstellungen durch den Kopf, wie sie sich das Hemd aufknöpft, er ihr den Rock hochschiebt und sie ihm ins Ohr flüstert: »Bist du einsam?«

Er muß ausgehungert sein. Aber unter seiner Gürtellinie herrscht so lange schon diese Trostlosigkeit, daß die Vorstellungen nicht besonders wirken. Es ist, als könne die Liebe nur fade sein. Sie knöpft ihr Hemd auf, na und? Er schiebt ihren Rock hoch, na und? Sie flüstert ihm ins Ohr, das kitzelt nur und stört.

8.

Da war nichts zu entdecken, was nicht ihr gehören konnte, als er sich in Annes Wohnung umsah. Entweder hatte das ominöse Arschloch keine Spuren hinterlassen, oder alle waren restlos getilgt. Überall hingen oder lehnten Bilder an den Wänden, und die allermeisten stellten Martin dar. Eindeutig. Ihre Malweise vergröberte stark, und den Gesichtern war weniger Aufmerksamkeit widerfahren als den Körpern, aber er kannte die Posen und sah sich wie in einem vibrierenden Spiegel. Es waren nur Akte, und sie wirkten eigentümlich unkomponiert, so, als seien die Figuren ganz zufällig in den Bildausschnitt geraten. Aber wandte man die Augen ab, dann schien es, als sprängen diese Körper aus der Wand, jeder mit einer eindringlichen Gebärde.

»Das ist mir eine Ehre«, sagte er.

»Verstehst du was davon?« fragte sie, und es klang nicht wie ein Verbot, sich einzumischen, sondern so, als interessiere sie sich wirklich für die Antwort.

»Ich glaube nicht, nein.«

Sie stellte sich neben ihn mit einer kleinen Mappe

und blätterte Skizzen, eine nach der anderen, um. »Gefallen dir die?«

Sie wollte die Mappe wieder schließen, nachdem sie das letzte Blatt umgedreht hatte, aber er fiel ihr in den Arm, sagte: »Moment« und blätterte zurück. »Das hier«, und er blätterte weiter, »das hier und dieses, die sind vielleicht nicht so gut.«

»Du verstehst was davon«, konstatierte sie trocken, nahm die drei Blätter heraus, zerriß sie und warf die Fetzen in den Papierkorb. »Dich frag ich öfter.«

Er erschrak vor der unbeteiligten Miene, mit der sie ihre eigenen Bilder zerstörte.

Ein eigentümliches Gefühl, sich für eine einzelne Person auszuziehen. Im Aktsaal war es selbstverständlich gewesen und seine Nacktheit so normal wie früher in der Dusche nach dem Turnunterricht. Aber jetzt in diesem leeren Zimmer, in dem es nur ein Podest, eine Staffelei, einen Stuhl mit Rollen und eine Spanplatte auf zwei Malerböcken gab, war er schamhaft wie nie zuvor. Schamhaft, das Wort ist ausgestorben, dachte er, als er sich dessen bewußt wurde. Was mach ich, wenn mein Ding sich wieder regt?

Die Sorge war unbegründet, nichts rührte sich. Nach Herzenslust konnte sie an ihm herumbiegen, und keine ihrer Berührungen löste irgend etwas aus. Außer einem kleinen Gefühl des Stolzes, ihrer eindringlichen und behutsamen Aufmerksamkeit wert zu sein. Ist ja klar, dachte er, ich hab viel zuviel Angst davor, da kann es nicht passieren.

Endlich hatte sie die Pose, die sie wollte, und umkreiste ihn langsam, ihren Zeichenblock auf den Knien und Blatt für Blatt mit festen Strichen füllend. »Sag, wenn du eine Pause brauchst«, sagte sie einmal, aber es dauerte länger als zwei Stunden, bis er aus seiner Trance wiederkehrte, in der er nicht einmal das Reiben der Stifte und Quietschen der Rollen unter ihrem Stuhl gehört hatte. Nur eine Art Musik, die er nie würde beschreiben können.

»Du bist phantastisch.« Sie reckte sich, als hätte sie statt seiner stillgesessen. »Komm, wir gehn essen.«

Bis er wieder fahren mußte, blieb nicht mehr viel Zeit, und so konnte er sich in dieser neuen Vertrautheit nicht einrichten. Er hoffte, sie würde dauern, glaubte aber, daß dieser Zustand zum Zeichnen gehörte und deshalb wieder vergehen müßte.

Später im Wagen aber dachte er, es läßt sich ja erneuern. Wann immer sie mich zeichnet, wird es wieder da sein, und er begriff, was das für ein Vertrautsein war. Dasselbe wie nach der Liebe. Dieselbe wortlose Einigkeit und derselbe tröstliche Glaube, nur ein Teil von etwas Größerem zu sein.

36.

Rudi hat nicht angerufen. Statt dessen poltert er in der nächsten Nacht gegen elf Uhr in die Wohnung und ruft: »Es hat geklappt. Du bist um zwölftausend Mücken ärmer!«

»Erzähl«, sagt Martin und drückt ihn auf den Küchenstuhl.

»Du bist nicht ganz richtig informiert«, fängt Rudi

an, »sie wohnt in ihrer Wohnung. Durchschnitt zehn, wie's im Telefonbuch steht. Keine Spur von einem Professor. Ich hab dort angerufen und nach ihr gefragt, und da sagt sie ›am Apparat‹. Was du mir auch verschwiegen hast, ist das Kaliber.«

»Kaliber?«

»Die Frau ist doch ein Grund, sich an den Regen zu gewöhnen!«

Martin muß lachen. Auch einer, in die Sonne zu wollen, denkt er, sagt aber nur: »Weiter.«

»Ich könnt mich ernstlich verlieben.«

»Tu's nicht, das hat seine Schattenseiten.«

Rudi sieht ihn an, als frage er sich, ob von Martin Gefahr drohe, ob er eifersüchtig sei, ob man seine Worte besser wählen müsse. »Na gut. Schon klar. Ich verlieb mich nicht. Versprochen. Hör zu: Ich hab vierunddreißig Bilder von ihr, mehr, sagt sie, hat sie nicht, weil sie immer wieder die mißlungenen zerstört. Stimmt das?«

»Ja. Sie hat phantastische Bilder zerschnitten oder übermalt. Das kann man nicht mit ansehen.«

»Ich glaube, sie hat mir das mit den Sammlern nicht recht abgenommen«, fährt Rudi fort. »Sie hält mich wohl für einen Galeristen, der vielleicht ein Krankenhaus oder eine Behörde einrichtet, aber trotzdem war sie mit dem Preis zufrieden. Sie kann ja neue malen, hat sie gesagt. Und das mit dem steigenden Marktwert hat ihr gefallen.«

»Und die Bilder, wo hast du die?«

»Schickt sie mir.«

»Nach Rom? Bist du blöd?«

»Aber nein, reg dich ab. In die Schweiz. Ich komme aus Rupperswil im Kanton Aargau. Und falls sie dort anrufen sollte, sagt mein Gewährsmann, ich sei auf Reisen. Er schickt die Bilder weiter und alle andere Post auch.«

Rudi holt eine Flasche Sekt aus dem Kühlschrank, jagt den Korken durchs Fenster in die Nacht, füllt zwei Gläser und sagt: »Prost Partner. Auf deine Exfrau oder wer sie ist. Sie macht mir Eindruck.«

»Fandest du sie irgendwie bedrückt oder so?« fragt Martin und will sich im selben Augenblick auf die Zunge beißen, so klar muß Rudi sein, daß er hören will, sie vermisse ihn. Aber Rudi zeigt Stil und läßt sich nichts anmerken, kein Mitleid, keinen Spott und kein Interesse, als er antwortet: »Nein. Ein bißchen in sich selbst versunken vielleicht, aber nicht bedrückt, nee.«

Martin ist froh, um die Peinlichkeit herumgekommen zu sein, und vielleicht fühlt sich auch deshalb seine Enttäuschung wie Erleichterung an.

9.

Er machte keinen Versuch, sich ihr zu nähern. Ihre Zeichen, daß er Abstand halten sollte, waren deutlich, er hätte sich nur blamiert und immer weitere dieser Zeichen herausgefordert. Aber etwas Ähnliches wie Intimität entstand dennoch zwischen ihnen durch die Stunden, in denen sie ihn zeichnete. Als baute sich ein immer dichter abgeschotteter Raum um sie beide auf, in den die Außenwelt kaum noch eindringen konnte, stellten sie ihre Leben aufeinander ein wie ein Paar. Versorgt voneinander mit allem außer Liebe.

Ihr Tagesablauf geriet zu einem festen Ritual. Sie kam mit Brötchen fürs Frühstück, deckte den Tisch und machte Kaffee, während er duschte, und dann, meist gegen vier Uhr nachmittags, gingen sie durch den Park zu ihr und kauften unterwegs ein, was sie zum Essen brauchten. Dann zeichnete sie ihn, solange noch Tageslicht ins Zimmer fiel.

Später kochte er bei ihr oder ließ sich zum Essen einladen. Manchmal begleitete sie ihn dann noch zur Taxifirma, und er brachte sie mit dem Wagen nach Hause. Nachts, wenn er die Betrunkenen an ihre Haustüren lehnte, zappelige Ehebrecher mit ihren Eroberungen zu den Vertreterhotels verfrachtete oder gesittete Kulturkonsumenten in ihre Uhlenhorster Villen oder Eppendorfer Stadthäuser fuhr, dann übertrug Anne die Zeichnungen auf Leinwand, und die Zahl seiner Abbilder wuchs und überwucherte die Wände.

Beim Zeichnen schwiegen sie, und wenn sie aßen, oder auf ihren Wegen durch den Park, redeten sie wenig. Nur gelegentlich entstand ein sprudelndes Duett, das mit einem Lachen oder burschikosen Stoß an Martins Schulter endete. Als hätten sie sich darüber abgesprochen, nur in der Gegenwart füreinander dazusein und keine Vergangenheit, sei sie nun aufregend oder banal, zu zitieren, berührten ihre Reden nie ihr vorheriges Leben. Auch die Zukunft blieb tabu, mit Ausnahme der allernächsten, wenn es zum Beispiel um die Einkaufsliste fürs Essen oder andere Besorgungen ging.

Immer öfter ertappten sie sich dabei, daß sie im selben Augenblick dasselbe wollten, dasselbe Thema anschnitten oder nach demselben Gegenstand griffen. Sie ließen sich von etwas faszinieren oder verloren das Interesse daran im selben Moment, waren sich einig über ästhetische Dinge und bekamen gleichzeitig Hunger.

Er bewunderte ihre Arbeit und war stolz auf seinen Beitrag. Ihm entstand daraus ein seltsames Verhältnis zu sich selbst. Auf ihren Bildern sah er sich als Wesen und in Wirklichkeit als etwas wie einen Vorschlag. Ein Angebot. Von dem sie Gebrauch machte.

Bald war ihm auch die Nacktheit vor ihr so selbstverständlich geworden, daß ihn selbst würdelose Posen oder Perspektiven nicht mehr störten. Verharrte er auf Händen und Knien, weil sie es von ihm forderte, dann änderte sich nichts in seinem Gefühl, wenn sie bei ihrem langsamen Umkreisen hinter ihm anlangte und seinen Anus direkt vor Augen haben mußte. Es wird Kunst sein, dachte er dann, und eine andere Würde ausstrahlen. Sein Körper und sein Wesen waren der Rohstoff.

Und dann, wenn nach und nach aus den Skizzen fertige Ölbilder entstanden waren, sah er seine eigene Gestalt in beharrlicher Bewegung immer weiter in die Welt vordringen. Wie ein langsamer Tanz war das, der für jeden seiner Schritte mehrere Tage brauchte, und in jedem dieser Schritte hielt ihn Anne einmal fest und sprang er selbst wenig später aus der Wand.

Er war kein Exhibitionist, empfand keine Lust daran, sich auszustellen, doch ihm schien, als wüchse ihm durch Annes Arbeit eine Würde zu, auf die er anders kein Anrecht hätte.

37.

Einige der Gesichter hat er schon auf Franca Brauckners Fest gesehen. Ein Fernsehjournalist, ein Kinderbuchautor, dessen Namen ihm Rudi zuflüstert, und eine Frau, die konzentrische Wellen von Aufmerksamkeit um sich zieht, wie es typisch ist für Berühmtheiten.

Die Terrasse ist schon überfüllt, als er mit Rudi ankommt, und es dauert eine Weile, bis er endlich einen Außenposten findet, von dem aus er das Geschehen beobachten kann.

Die meisten hier kennen einander von Veranstaltungen des Goethe-Instituts, der Botschaft oder Elternabenden der deutschen Schule. Martin ist froh, teuer angezogen zu sein. Zwar müßte er in seinem verbeulten Anzug eher wie ein Spieler mit Pechsträhne oder enterbter Industriellensohn aussehen, aber die Leute hier haben ein Auge für Qualität, und vielleicht nehmen sie ihm den Schriftsteller ab, als der er von Manfred vorgestellt wurde. Ausnahmsweise ist ihm das wichtig. Er möchte sich nicht ausgeschlossen fühlen.

Immer wieder kommt Rudi her und bleibt einige Minuten bei ihm stehen, als fühle er sich für Martins Wohlergehen verantwortlich, aber die meiste Zeit scheint er Kontakte zu pflegen. Für Martin ist es, als beobachte er Rudi bei der Arbeit, wie er den Partyprofi spielt und sich routiniert hier und dort in Gespräche mischt, um nach einigen Sätzen, einem Gelächter oder Schulterklopfen wieder weiterzuschlendern. Würde er ihn jetzt erst kennenlernen, fände er ihn unsympathisch.

Sharon hat ihn eigentümlich schüchtern begrüßt. Als wäre sie mit ihrer Frage am Telefon zu weit gegangen und müsse nun für neuen Abstand sorgen. Sie trägt ein gelbes Kleid, dessen weicher dünner Stoff sich bei jeder Bewegung für einen Augenblick an ihre Haut legt. Oft, wenn er sie ansieht, wirft sie den Kopf in den Nacken und verschränkt die Arme dahinter, um ihre Brüste zu straffen. Sie benimmt sich, als wolle sie noch heute nacht aus dem Paradies vertrieben werden. Ihre ausgestellte Sinnlichkeit entspricht seinen Phantasien, die er frei und jetzt ganz ohne Langeweile streunen läßt. Immer wieder sieht er zu ihr hinüber, um die Bilder in seinem Kopf mit den richtigen Maßen auszustatten. Das Spiel gefällt ihm. Sie gefällt ihm. Er glaubt auch, sie tanzt für ihn diesen Du-kannst-mich-haben-Tanz, denn sonst ist da niemand, der sie ähnlich mit den Blicken verschlungen hätte. Er achtet darauf, sich nicht zu betrinken.

Rudi setzt sich neben ihn und deutet auf die mit dem Rücken zu ihnen stehende Berühmtheit. »Siehst du die?«

»Ja.«

»Eine Nichte von Agnelli. Sie kauft ein Bild.«

»Von Anne?«

»Von Arne.«

»Von wem?«

»Arne. Arne Boro. Dem interessanten Einsiedler, den ich entdeckt habe.«

»Das ging aber schnell mit der Geschlechtsumwandlung. Gratuliere.«

»Dir selber kannst du gratulieren. Wenn ich noch ein, zwei solche Trendsetter dazu kriege, dann rennen die uns die Tür ein.«

Schade, jetzt ist Sharon aus seinem Kopf vertrieben. Als Rudi auf ihn zukam, hatte er gerade noch ihre Brüste ausgepackt und war dabeigewesen, ihr den Rock hochzuschieben.

»Hör zu«, sagt Rudi, »wir müssen uns was ausdenken. Eine richtige Legende. Ich hab einfach ein bißchen geheimnisvoll getan, aber das kann ich nicht lang durchziehen. Wir brauchen eine richtige verkaufsfördernde Geschichte. Irgendwas, das man weitererzählt. Was Fetziges, Gesprächsstoff, verstehst du?«

»Interessant, rätselhaft und tragisch.«

»Du hast es erfaßt. Der Künstler ist die Ware, sein Bild das Etikett.«

»Warum ist Arne Boro nicht berühmt, wenn er so interessant ist?«

»Genau in der Richtung muß uns was Logisches einfallen. Da sitzt der Haken. Warum sollen die Leute ihn kaufen, obwohl ihn niemand kennt? Es muß etwas geben, das seine Unbekanntheit veredelt und erklärt.«

»Hmm. Er lebt auf einer Insel?«

»Ja und? Mehr.«

»Kann nicht sprechen? Nein, Quatsch, was ist daran toll. Ist er der Sohn von Adolf Hitler? Sein Enkel? Martin Bormann? Boro, Bormann, das paßt doch.«

Rudi lacht. »In der Richtung. Weiter. Gut. Noch nicht der Haupttreffer, aber gut.«

»Ist er tot?«

»Nein. Bringt nichts mehr. Ist was für die Kunstgeschichte, nicht für den Markt.«

»Todkrank, stirbt bald?«

»Nicht schlecht, merken wir uns. Weiter.«

»Woran, Aids?«

»Unappetitlich.«

»Geheimnisvoller Virus?«

»Denkt jeder an Aids, auch nix.«

»Und wie wär's mit dem elektrischen Stuhl oder so was? Sitzt in der Todeszelle, hat ein paar Leute umgebracht, am besten welche, denen mans gönnt, und wartet auf seine Hinrichtung?«

Rudi erschlafft, als habe Martin so danebengetroffen, daß nun alles weitere Nachdenken nicht mehr lohnt. »Nein, nein, das ist zwar sehr schlau, aber es geht ja nicht. Erstens müssen wir den Künstler irgendwann vorführen, er muß ansehnlich und begehrenswert sein, zweitens hätte man doch von den Morden gehört. Die Story platzt ja gleich.«

Martin hat genug von diesem ungleichen Spiel. Er strengt sich an, auf Ideen zu kommen, und Rudi spielt den Artdirector, der die Zensuren verteilt.

»Ist doch nicht schlecht«, sagt er, als Martin sich beschwert. »Arbeitsteilung. Du bist kreativ, und ich weiß Bescheid. Ist doch gut so. Mach weiter.«

Aber Martin hat keine Lust mehr. In seinem Augenwinkel blitzt etwas Gelbes auf, und er dreht den Kopf in der Hoffnung, Sharon zu entdecken.

Sie ist da, aber schaut nicht mehr her. Schade, sie hat seinen Ausstieg aus dem Flirt bemerkt. Rudi wartet geduldig, bis Martin wieder spricht: »Im Kloster?«

»Wo lebst du denn? Wen interessiert ein Mönch?«

Rudi denkt nach: »Aids von Clinton müßte er haben, oder von Ghaddafi. Da brauchte man nur abzuwarten, wer in nächster Zeit mager wird. Oder von Mick Jagger. Oder Pavarotti.«

»Die sind alle nicht schwul.«

»Ja eben. Aids von Schwulen ist witzlos.«

Martin muß grinsen: »Unfein ist es auch.«

»Stimmt«, sagt Rudi, »hast recht. Das ist alles Quatsch.« Er steht auf, geht ins Haus und läßt Martin sitzen.

Sharon ist verschwunden. Martin sucht das Haus nach ihr ab, drückt sogar die Klinke der Badezimmertür, aber sie ist nirgends mehr zu finden. Er verabschiedet sich und fährt mit Rudis Alfa nach Hause.

Im Bett versucht er, seine Vorstellung wiederzuerwecken, Sharon noch einmal in Gedanken zu berühren, aber alle Bilder, die er ruft, bleiben merkwürdig starr. Nach einer Weile steht er auf und holt nach, was er zu trinken versäumt hat.

10.

Ein Ring von aufgehängten Bildern hatte sich um das Atelier gelegt, und ein zweiter, an die Wände gelehnt, war kurz davor, sich zu schließen, da sagte sie eines Nachmittags, als Martin sich auszog: »Ich will was Neues anfangen.«

Es waren die ersten wirklich sommerlichen Tage des Jahres, gerade noch rechtzeitig, knapp nach dem Herbstanfang. Von draußen drang das Geräusch klappernder Schritte herein, und eine Frauenstimme sagte: »Geh du doch hin, wenn du sie so vermißt.«

»Was?« fragte Martin, da sie so lange schwieg und offenbar auf diese Frage wartete.

»Ich will eine Serie Aquarelle machen. In Begierde.«

»In was?«

»Begierde. Du sollst erregt sein. Eine Erektion. Ich will dich zeichnen mit einer Erektion.«

Er knöpfte seine eben geöffneten Jeans wieder zu und setzte sich auf den Rand des Sockels. Eine Zeitlang sah sie ihn schweigend an, und er versuchte, so offensiv es ging, zurückzustarren.

»Ist dir das peinlich?« fragte sie dann.

»Ja.«

»Aber wieso denn? Das muß dir doch nicht peinlich sein. Du bist der Körper meiner Ideen. Ich bin doch keine Fremde für dich.«

Da sagte sie's. Der Körper ihrer Ideen. Sarkastischer hätte er es auch nicht hinbekommen. Und nicht abgeschmackter. Der Körper ihrer Ideen. Das war der Titel, den sie seiner Nebenrolle gab. Zu seiner Unsicherheit kam auch noch Wut.

Sie setzte sich neben ihn, legte ihren Arm um seinen Rücken und die Stirn auf seine Schulter: »Komm, trau dich doch. Bitte. Vertrau mir doch. Ich hab so was noch nie versucht. Du kannst die Bilder zerreißen, wenn du willst.«

»Aber das geht doch nicht.« Wenigstens fand er die Sprache wieder. »Wie stellst du dir das vor? Soll ich an mir rumfummeln vor dir?«

»Du kannst dir doch was vorstellen. Stell dir doch was Tolles vor.«

»Wie kommst du nur auf so was?«

»Du hast mich drauf gebracht.«

»Ich?«

»Im Aktsaal damals.«

»Da warst du mit von der Partie. Du hast mich angefaßt.«

»Ah, na gut«, sagte sie und kniete sich vor ihn, um seine Jeans aufzuknöpfen. Er stand auf, streifte Hose und Unterhose ab und stellte sich aufs Podest, um sie wie immer mit seiner Haltung experimentieren zu lassen. Seit langem hatte er wieder einmal das Gefühl, mehr als nur dies bißchen Haut zwischen ihm und ihren Augen wäre besser.

Sie stieg herauf zu ihm, drehte an seinen Handgelenken, gab ihm kleine Stüber in die Kniekehlen und senkte seinen Kopf. Sie betrachtete ihn prüfend, ging im Kreis um ihn herum, beugte sich vor und faßte ihn an mit ihrer kleinen kühlen Hand. Es funktionierte. Aber schon als sie an der Staffelei saß, fühlte er sich wieder erschlaffen. Sie sah es, stand auf, kam wieder her, und diesmal bewegte sie ihre Hand ein wenig. Aber kaum hatte sie den Stift ans Papier gelegt, war schon wieder alles beim alten.

»Es ist passiert, weil es nicht sollte«, sagte er, »und jetzt passiert es nicht, weil es soll.«

»Es muß«, sagte sie verbissen und versuchte es erneut, diesmal mit den Lippen und dann mit ihrer Zunge. Aber so groß die augenblickliche Erregung auch war, dem nüchternen und studierenden Blick hielt sie wieder nur für Sekunden stand. Martin spürte, daß er grinste, und war auf einmal nicht mehr verlegen.

»Gut«, sagte sie schließlich, »ich zeichne erst mal alles andere, dann muß ich eben schnell sein.«

Mit eiligen Strichen skizzierte sie seinen Körper, dann kam sie wieder her und umspielte ihn mit ihrer Zunge.

Inzwischen wollte er nicht mehr, daß es gelang, und als sie zur Staffelei zurückeilte, zählte er in der Art eines Countdowns zehn, neun, acht, sieben, sechs und grinste wieder, als sie entmutigt ihren Stift weglegte.

Seltsam, in dieser Weise Herr der Lage zu sein. Sonst war es doch genau umgekehrt. Man schämte sich, wenn's nicht ging. Und jetzt war es wie Rechtbehalten.

»Was mach ich nur falsch?« stöhnte sie und wunderte sich, daß er lachte. So beschäftigt mit ihrem Vorhaben, daß ihr das Komische an der Situation nicht aufgefallen war.

»Du meinst es nicht ernst«, sagte er.

»Ich meine es sehr wohl ernst.«

»Nicht dasselbe wie er.«

»Er?«

»Ich.«

Eine Zeitlang saß sie zusammengesunken da, so daß er schon glaubte, sie füge sich ins Scheitern des Unternehmens, da sagte sie, plötzlich wieder zum Leben erwacht, »schau her« und zog ihr Sweatshirt über den Kopf, faßte sich über kreuz an den Saum ihres Hemdchens und warf es dem Sweatshirt hinterher. Wie eine Stripperin bewegte sie die Schultern, so daß ihre Brüste träge hin und her schwangen.

»Na?« fragte sie siegessicher.

»Das reicht nicht«, sagte er schnell und hoffte, sie würde den Bluff nicht bemerken, denn diese Chance wollte er nicht verschwenden.

Sie stand auf und streifte ihre restlichen Kleider ab, dann schob sie die Staffelei ein wenig zur Seite, so daß sein Blick auf ihren Körper nicht verstellt war, hob die Schultern, öffnete die Beine und begann seitlich zum Papier gewandt zu zeichnen.

38.

Immer beiläufiger wirft Rudi nun die Geldbündel auf den Tisch, der warme Regen will einfach nicht versiegen. Für Martin ist nichts Besonderes mehr daran, seine Freude an Geld nur noch ein niedergebranntes Strohfeuer. Er legt die Päckchen nebens Bett und bringt sie gelegentlich zur Bank.

Drei Bilder hat die Agnelli-Nichte gekauft. Sie denken nicht mehr über eine Legende für den unbekannten Arne Boro nach. Rudi wird sich einfach in geheimnisvollen Andeutungen ergehen. Spekulationen seien das beste und brauchten wenig Futter. Laß die Leute sich ihr Gerücht selber basteln, sagte er, das tun sie nachher sowieso.

Tatsächlich tauchen nur wenige Tage später zwei weitere Käufer auf, und Rudi beginnt schon, die Preise anzuheben. Irgend etwas ist an diesen Bildern, das sie verkäuflich macht, irgend etwas haben sie, von dem sogar kunstgewohnte Leute angezogen werden, die doch sonst immer nur auf Sicherheit kaufen. Hoffentlich erfährt Anne noch recht lange nichts von ihren Chancen und der Achtung, die man ihrer Arbeit hier entgegenbringt.

11.

Die Erektion hielt lange an, und Martin fand sich in einem nie gekannten Zustand gleichzeitiger Versunkenheit bei höchster Wachheit seiner Sinne. Er starrte Löcher in Annes Haut, registrierte jede winzige Bewegung, die, vom Zentrum der zeichnenden Hand aus, irgendwo auf ihrem Körper als Echo reflektiert und weitergetragen wurde. Auch andere Bewegungen als die vom Zeichnen verursachten entdeckte er beim millimeterweisen Betasten ihrer Oberfläche mit den Augen. Bis hinunter in die Zehen, die sie manchmal zitternd hochbog, sah er Spannung durch sie gehen, sah in ihren Schenkeln und Hüften kleine Muskelstränge zucken und die Schultern sich bewegen wie von selbst. Ihre Augen, die zu treffen er die meiste Zeit vermied, hatten denselben Ausdruck von Konzentration wie immer, aber konnten nicht so wach sein wie sonst, wenn sie ihn studierte. Ihr Körper sandte seine eigenen Zeichen aus. Zeichen, die Martin erfaßte, ohne sie zu verstehen, denn sein Denken nahm nicht teil an diesem Spiel. Und ein Spiel war es, das die beiden Körper miteinander spielten, nur verbunden durch die Augen, seiner statuarisch und ruhig, ihrer nervös und auf dem Sprung. Das Spiel mit der Möglichkeit zueinanderzukommen, sich aneinander zu entzünden, um endlich, Rauch und Asche, zu verschwinden. Für immer oder kurze Zeit. Es dauerte nicht lange, da sah er ein Glitzern in ihrem Schoß und wußte, auch auf ihm war eine Perle solcher Art.

Als bekäme sie von irgendwoher kleine elektrische

Schläge, zuckte nun ihr Körper immer öfter und stärker, und sie rutschte hin und her auf ihrem Stuhl, da stand sie abrupt mit einer Drehbewegung auf und sagte, sich räuspernd und als kehre sie zurück aus einer anderen Welt: »Wir müssen... ich... ahm, jetzt ist erst mal Pause.«

Aus ihm wich langsam die Spannung, beschränkte sich für eine Weile noch auf den schwächer werdenden Puls zwischen seinen Beinen und verlor sich dann ganz. Er sah, schon wieder gelassen, zu, wie Anne ihre Kleider überstreifte. Heftig, schamhaft, denn jetzt war das Spiel unterbrochen, und die Regeln wurden wieder von woandersher diktiert.

Sie tranken Kaffee und schwiegen, sahen aneinander vorbei, und keine Normalität wollte sich wieder einstellen, so sehr waren sie beschäftigt mit den Nachbildern der Erregung in ihren Körpern. Das Klappern der Tassen und ein gelegentliches Schniefen von Anne waren für lange Zeit die einzigen Geräusche, bis Martin sich eine Zigarette anzündete und sagte: »Auge um Auge.«

Ihre Stimme klang, als erwache sie aus einem Dämmerzustand: »Ja.«

Er wußte, daß er jetzt nichts weiter sagen durfte, wollte er nicht alles wieder verjagen, was sie mit diesem Ja so unverhofft in den Raum zwischen ihnen entlassen hatte.

Eine Zeitlang schwieg sie und sagte dann: »Aber ziemlich seltsam.«

Noch beim Herabsteigen vom Podest hatte er geglaubt, er müsse sich augenblicklich einschließen, um dieses irrlichternde Ziehen von sich zu jagen, aber der Gedanke, vor Anne aufs Klo zu verschwinden, oder sie zu bitten, sie möge eine Weile ihr Schlafzimmer nicht betreten, war nicht nur absurd und peinlich, er verscheuchte auch die Spannung von der Haut. Hätte sie das ebenfalls gewollt? Sich zurückziehen und erlösen?

Daß sie einander nicht einfach in die Arme fielen, war schon selbstverständlich. Ihm ging nicht auf, wie eigentümlich sie sich verhielten.

In dieser Nacht fuhr er Taxi wie ferngesteuert.

39.

Die Stadt ist überflutet von Touristen. Sie verlieren in der Hitze alle Form, aber sie machen sich nichts draus und schlurfen fröhlich und erschöpft, ihre verbrannte Haut noch weiter röstend, durch die Straßen, mit gutmütigen Schafsgesichtern ihren Führern hinterher, oder paarweise und einzeln mit verzücktem, arrogantem oder mißtrauischem Blick.

Mittlerweile hat Rudi schon acht Bilder verkauft. Es scheint, als seien die Tricks, über die er so gründlich nachgedacht hatte, überhaupt nicht notwendig. Diese Bilder wecken Besitzwünsche bei Frauen und, wie sich in den letzten Tagen offenbart, auch bei Schwulen. Warum? Martin versteht es nicht. Männliche Akte, nicht besonders originell, alle die Variation eines einzigen Themas, ein einzelner Mann, aus verschiedenen Perspektiven. Senden sie vielleicht Signale aus? Enthalten sie etwas von der Spannung zwischen

Anne und ihm? Sind sie stimulierend? Er kann es nicht beurteilen. Er sieht immer nur den eigenen Körper.

»So was hab ich noch nicht erlebt«, sagt Rudi eines Abends, als er den Laden schließt. »Daß Bilder einfach so Furore machen, ohne Schicki-Micki. Ich kanns nicht fassen.« Er hatte vorgehabt, zwei, drei Bilder im Herbst, wenn die Saison wieder anfinge, selbst zu ersteigern, um so auf sie aufmerksam zu machen. Er wollte Sammler, die er kannte, ansprechen und ihnen mit Hinweisen auf die Versteigerungserfolge diesen Maler als renditeträchtig empfehlen. Nichts davon ist nötig. Die Agnelli-Nichte zieht einen Schwarm hingerissener Kunstliebhaber hinter sich her, der alsbald in Rudis Laden stürmt und kauft. Nicht einmal der Sommer, Ferragosto, da doch alle Römer an der See sein sollen, wie die Legende weiß, bringt einen Einbruch in das stetige Geschäft. Sie verdienen schon wieder Geld und fangen an, sich Gedanken um den Nachschub zu machen.

»Bist du das eigentlich auf den Bildern?« fragte Rudi vor kurzem, als Martin in der Unterhose über den Flur ging. Martin antwortete nicht, zuckte nur die Schultern und verzog sich ins Badezimmer. Dort hörte er Rudi noch rufen: »Du hast Erfolg bei den Frauen.«

Davon wüßte ich, dachte er und drehte die Brause auf.

12.

Am nächsten Tag drängte sie ihn zur Eile und ging schneller als üblich, immer einen halben Schritt vor ihm, durch den Park. Ihre Tür bekam sie erst nach drei Versuchen auf, weil sie fahrig und nur wie nebenbei mit dem Schlüssel hantierte. So als müsse sie eigentlich die Tür schon längst hinter sich haben. Das nervöse Schweigen tat Martin wohl. Er fühlte sich sicher in dieser skurrilen Intimität. Es war leicht, sich darin zu bewegen, keine Worte daran zu verschwenden, sie nicht zu befragen noch in irgendeiner Weise zu erwähnen.

Im Zimmer zog sich Anne schon aus, bevor er die Tür geschlossen hatte, und wartete, nackt und ungeduldig, bis endlich auch er alle Kleider vom Leib gestreift hatte.

Diesmal hätte er ihre Hand nicht gebraucht, aber sie berührte ihn sacht mit einem nachdenklich-abwesenden Ausdruck im Gesicht, den man für Andacht hätte halten können. Wenn es Andacht in Verbindung mit Nervosität gäbe.

Wieder arbeitete sie schnell und konzentriert, und er verschwand in seinem hellen Wachtraum. Und wieder waren da diese kleinen Bewegungen auf dem Weg durch ihren Körper, wieder dieses Zucken im Spiel ihrer Muskeln. Und wieder brach sie ab, einige Zeit nachdem das Glitzern in ihrem Schoß erschienen war.

Diesmal fiel es ihm viel schwerer, aus dem hoch gespannten Zustand zurückzukehren, und er saß noch einige Zeit unbequem am Tisch und zupfte in seinem

Schoß herum, als sie schon wieder ganz in den Anblick ihres Kaffees versunken schien.

»Das halten wir nicht lange durch«, sagte sie.

»Dafür vergessen wirs auch nicht so schnell.«

Sie sah auf und direkt in seine Augen. Ernst und als forsche sie noch danach, was er gemeint haben könnte, sagte sie dann leise und indem sie den Atem einzog, anstatt ihn auszustoßen: »Gar nicht.«

Er streckte die Hand aus über die Tischplatte, hielt aber inne in der Bewegung, als sie, sich straffend, ihren Oberkörper zurücknahm. Er ließ die Hand in der Luft, und nach einem kurzen Zögern entschloß sie sich, mit ihrem Zeigefinger hineinzutippen. Eine flüchtige Berührung wie bei Kindern, die Spielgeld zählen oder ein Tier berühren, von dem sie fürchten, daß es beißt.

Am nächsten Abend, als er vorsichtig und unter Verrenkungen seine Hose anzog, schon ganz ohne Scheu und den Gedanken, daß sie beide sich außergewöhnlich benahmen, stand sie auf, nackt wie sie war, und sagte: »Ich geh nach nebenan. Bleib du hier, ja?« Sie sah ihm nicht in die Augen.

Einen Augenblick später hörte er atemlose, selbstvergessene Schreie durch die geschlossene Tür und riß die Jeans wieder auf.

40.

Rudi telefoniert mit Anne. Sie verspricht, weitere dreißig Bilder bis Mitte Oktober fertigzustellen. Er wolle in Basel auf die Kunstmesse, sagt er, und dort mit verschiedenen Galerien in Kontakt treten. Da er den größten Teil der Bilder an ein Tagungszentrum verkauft habe, brauche er unbedingt neue Arbeiten, um sie richtig zu präsentieren. Auf seine eindringliche Bitte hin verspricht sie ihm sogar, im selben Stil und mit demselben Modell weiterzuarbeiten.

»Sie hat Blut geleckt«, sagt Rudi.

»Sie hat noch massenweise Skizzen.« Martin rührt in einer Minestrone. »Wenn sie keinen Anfall von künstlerischer Freiheit kriegt, kann sie noch hundert gute Bilder liefern.«

»Du klingst schon wie ein richtiger Koofmich.«

»Skrupel?«

»Weiß nicht.« Rudis Stimme klingt klein, so als wehe ihn etwas Unbekanntes an und mache ihn ängstlich und scheu. »Respekt vor der Frau. Die ist was Besonderes.«

Martin nickt.

13.

Sechs Tage lang war das Zeichnen nun ein Vorspiel zu der Liebe, die sie sich selbst hinterher gaben, getrennt durch die geschlossene Tür, aber verbunden miteinander durch Annes immer lauter werdende Schreie. Die Tage waren für Martin zur Wartezeit geworden, so erregt, kurzatmig und aufgekratzt war er. Noch immer sprachen sie nicht darüber, aber sie wurden freier und gelassener, so daß Martin am Ende nicht einmal mehr auffiel, wenn er hin und wieder selber an sich faßte und mit kleinen Bewegungen half, die Haltung des Modells zu wahren.

Anne saß mit jedem Tag ein wenig offener da und bewegte sich bald wie eine Tänzerin, gleichermaßen selbstvergessen und extrovertiert. Mit offenen Augen, die aufmerksam den anderen in seinen kleinsten Einzelheiten erfaßten, saßen und standen sie einander gegenüber in einer Trance, die erst verschwand, nachdem die Tür zwischen ihnen geschlossen war.

»Wir müssen Pause machen«, sagte Anne am siebten Tag, als sie sah, daß Martin sich immer öfter selbst berühren mußte, und zog sich ohne Umstände wieder an. »Ich koch uns was, hilfst du mir?«

Später zeigte sie ihm die Skizzen, die sie bis dahin eifersüchtig vor ihm verborgen hatte, und wieder, nur jetzt viel skrupulöser als beim erstenmal, wies Martin auf einige, die ihm nicht gelungen schienen. Sie hatte wohl an die hundert Blätter, und er war fasziniert. »Ich wollte, ich könnte dich auch so zeichnen«, sagte er.

Sie lächelte. »Das wäre zwar gerecht, aber wozu?«

»Um die Bilder einander gegenüberzuhängen.« Martin wollte weitersprechen, wollte sagen, die Bilder lieben sich, aber ein Instinkt hieß ihn, sich zu beherrschen. Er wollte nicht, daß durch eine Bemerkung wieder alles kaputtginge.

»Ob ich die jemals ausstelle?« fragte sie ins Leere.

Während der nächsten drei Wochen verbrachte Anne die meiste Zeit an der Universität und Martin, der Tagschichten fuhr, auf den Straßen. Sie erholten sich von der Nähe, die ihre Bewegungen und Gesten gehemmt hatte. Fast jeden Abend verbrachten sie miteinander, gingen ins Kino, in Konzerte, spazierten durch den Park und fanden ihr vorheriges Erstaunen über den Gleichklang ihrer Wünsche wieder.

Während der Tage, an denen sie so atem- wie schamlos an den Skizzen gearbeitet hatten, waren sie einander mit gesenkten Köpfen ausgewichen, ängstlich darauf bedacht, daß ihre Körper nichts von dem einlösten, was die Augen längst verabredet hatten. Nun hakte sich Anne hin und wieder bei ihm unter, strich ihm wie beim ersten Abschied mit der Fingerspitze über die empfindliche Haut hinterm Ohr oder knuffte und schubste ihn, wenn er versuchte, sie zum Lachen zu bringen. Daß er sie je für humorlos hatte halten können, stritt er mittlerweile vor sich selber rundweg ab.

»Kannst auch hier schlafen«, sagte sie eines Abends, als er sich müde auf den Heimweg machen wollte. Er hatte vier Seiten ihrer Arbeit getippt, nachdem sie sich die Haare raufend und heulend wie ein mondsüchtiger Hund vor Verzweiflung über das komplizierte Schreibprogramm aufs Bett geworfen hatte.

Er legte sich zu ihr und achtete darauf, sie nicht zu berühren. Nach kurzer Zeit war sie eingeschlafen. Er lag noch lange wach und zählte die huschenden Lichter vorbeifahrender Autos an der Zimmerdecke.

»Du beklaust mich schon wieder!« Er zog die Decke über sich und wollte weiterschlafen, aber Anne, die ohne zu antworten ihren Zeichenblock hingelegt hatte, ging in die Küche und machte Kaffee. Der Geruch stieg ihm in die Nase und weckte ihn erneut, als er gerade wieder wegdämmern wollte.

»Ärgert dich das immer noch, wenn ich dich im Schlaf zeichne?«

»Nein, aber ich friere immer noch.«

»Du könntest hier einziehen.«

Wenn er nicht die meiste Zeit mit Gedanken an Anne zugebracht hätte, wäre Martin in diesen Tagen zum leidenschaftlichen Taxifahrer geworden. Er war stolz auf jede Strecke, die er ohne Blick in den Stadtplan fand, fing Gespräche mit den netteren Fahrgästen an, mischte sich sogar hin und wieder vorlaut in die albernen Dispute über Funk, mit denen die Frau in der Zentrale aus der Fassung gebracht werden sollte, und duckte sich nicht einmal mehr, wenn arrogante oder gewalttätig wirkende Leute seinen Wagen bestiegen. Gerade weil er nicht ganz da war, gerade weil Anne fünfundneunzig Prozent seiner Aufmerksamkeit band, ging er mit den restlichen fünf spielerisch und großzügig um und staunte über seine täglich wachsende Souveränität.

Wann zieht sie sich endlich wieder für mich aus, dachte er manchmal, wenn ihn irgend etwas an einer Schülerin, die er vom Tennis nach Hause fuhr, oder einer Passantin, die vor ihm die Straße überquerte, an Anne erinnerte, und dann spürte er sich lächeln, denn er wußte ja, daß er sich für sie auszog. Aber das war so unwichtig wie bei jedem guten Tausch. Er vergaß, was er gab, und war besessen von dem, was er begehrte.

Er gab seine Wohnung auf und zog bei ihr ein. Er tippte ihre Arbeit, während sie nach den Skizzen aquarellierte. Draußen vor der Tür hätte ebensogut eine Kleinstadt, ein Dorf oder auch nur ein Weiler liegen können. Hamburg, dessen Struktur Martin mit jedem Tag ein bißchen besser kennenlernte, war nur eine riesengroße Arbeitsstelle für ihn. Das Leben war hier in der kleinen Zweizimmerwohnung, Durchschnitt Nummer zehn; es hatte den Klang einer Computertastatur und kleiner Brummlaute der Konzentration, die Anne beim Malen von sich gab, und es roch nach Kaffee, Petersilie, Terpentin und Fixativ.

Für einen Betrachter hätten sie beide wohl den Anblick eines Ehepaares geboten, das geruhsam einem angenehmen Zeitvertreib nachgeht und nichts mehr zu besprechen hat. In gewissem Sinne war es auch so, nur daß Martin über vieles hätte reden mögen, wäre ihm nicht klargewesen, daß Anne das nicht wollte.

Immer wieder in der letzten Zeit hatte er behutsame Vorstöße unternommen, aber noch nicht einmal mit der Frage nach der Stadt, aus der sie kam, war mehr aus ihr herauszubekommen als ein abweisendes: »Das ist schon so lang her.«

Und geruhsam fühlte er sich nicht im geringsten. Eher so, als säße er im Auge eines Orkans, dessen erste Verheerungen schon über ihn gekommen waren. Er wartete.

41.

Rudi ist sofort einverstanden, als Martin ihm vorschlägt, noch einmal nach Hamburg zu fahren. »Das paßt«, sagt er, »ich bring die Uhren nach London zu Christie's.«

»Es geht um eine rote Mappe. Die will ich haben. Alles Aquarelle und alle obszön.«

»Obszön?«

»Ja. Sie wird sie dir nicht von selber zeigen. Du mußt irgendwie tricksen. Sag ihr irgendwas wie: Du hättest Sammler von Erotika, die Bilder von ihr gekauft hätten und fragten, ob es auch schärfere Sachen von ihr gäbe. Oder du stöberst in ihren Sachen, wenn sie nicht im Zimmer ist, entdeckst die Mappe, ich sag dir, wo sie ist, und erträgst ihre Vorwürfe. Hauptsache, du kriegst die rote Mappe.«

»Und was darfs kosten?«

»Egal. Ganz egal. Ich will sie haben.«

14.

Es dauerte noch einige Zeit, bis sie wieder anfingen. Annes Examensarbeit war fertig, abgegeben und benotet mit einer Drei, was Martin als ungerecht empfand, aber Anne schien es nicht zu kümmern. Er fuhr Doppelschichten, war zwölf und mehr Stunden täglich unterwegs, denn in der Wohnung kam er sich vor wie ein Gast, und sie tat nichts dazu, daß er heimisch werden konnte. Sie ging ein und aus, wie sie wollte, ohne sich zu fragen, was er tat oder ließ. Manchmal kam es ihm vor, als sähe sie ihn überhaupt nicht.

Gerade begann er, ernsthaft darüber nachzudenken, ob er wieder ausziehen sollte, da fand er eines Morgens, als er müde nach Hause kam, einen Strauß Blumen auf dem Tisch, zwei Gedecke fürs Frühstück und einen Zettel, auf dem stand: *bitte weck mich.*

Er setzte Kaffee auf, schnitt Brot und kochte zwei Eier. Dann ging er leise in ihr Zimmer und kitzelte sie mit dem Zeigefinger an der Schulter. Sie schlug die Augen auf, als hätte sie wach gelegen und nur darauf gewartet, und sagte: »Ich würd gern wieder zeichnen.«

Die ersten beiden Nachmittage war es wie vorher. Dieselbe Erregung, dieselbe Trance, dasselbe Verschwinden in den Zimmern hinterher, aber dann, am dritten Tag, wollte, trotz der langen Abstinenz, nichts mehr funktionieren. Es war wie beim ersten Mal. Nur daß Martin es diesmal nicht mehr komisch finden konnte. Er schämte sich, als wäre dies eine Liebesnacht, und er hätte versagt. Unter Annes aufmerksamem Blick zusammengesunken, machte er die Gebärde, die wohl Tausende von Männern, jeden Tag und jede Nacht machen, er hob die Schultern, breitete die Unterarme ein wenig aus und drehte die Handflächen nach oben. Es war ihm peinlich.

Einige Zeit verstrich, und er wollte schon wütend werden, daß Anne nichts unternahm, um seine Enttäuschung zu mildern. Warum sagte sie nicht, »macht doch nichts«, wie Tausende von Frauen, warum kam sie nicht herüber und strich ihm übers Haar?

Als er aufsah, war ihr Blick starr in seinen Schoß gerichtet, ihre rechte Hand blätterte ein neues Blatt auf, nahm dann den Stift wieder und legte sich wartend auf die Ablage der Staffelei. Die Linke lag in ihrem Schoß und kreiste dort langsam, regelmäßig und ruhig, und die Ruhe wurde hin und wieder unterbrochen durch den Mittelfinger, der alleine stand, wenn sich die anderen Finger zurückbogen, und vorstieß nach unten in den hellen und glänzenden, sich weiter und weiter öffnenden Spalt, den sie dann, mit zwei Fingern, drei Fingern und endlich der ganzen Hand anfangs streichelte, dann massierte und schließlich mit fast grob erscheinendem Hineinpressen und Krallen, Drehen des Handballens, des Daumens und schließlich der Faust, der flachen Hand, der Knöchel, mit immer neuen Aspekten der Oberfläche ihrer Hand traktierte. Schnell und fiebrig zeichnete sie unterdes, warf die Skizzen eine um die andere weg, und immer, wenn sie ihm befahl, die Position zu ändern, blätterte sie reißend und fahrig um, den Stift für die Sekunde zwischen die Zähne geklemmt, und er gehorchte willfährig und ohne sie ein einziges Mal mißzuverstehen, bis sie sich nach vorne warf, die Stirn an die Staffelei legte mit einem kleinen Klagelaut, der von tief innen aus ihrem Körper zu kommen schien, von daher, wo sich ihre Hand jetzt wie rasend gebärdete, und sie den Stift wegwarf und er die Augen schloß, weil er spürte, daß aus ihm das Fieber, vielleicht sein Leben, oder zumindest für Sekunden das Bewußtsein und sein ganzer Atem schoß.

Minutenlang saßen sie schweigend und mit gesenkten Köpfen da und horchten auf die Stille, die nur unterbrochen wurde durch das gelegentliche Knarren einer Diele, wenn sich doch etwas in ihren Körpern rührte und die neue Gewichtsverteilung an den Boden weitergab. Schließlich atmete Anne tief ein, stand auf, kam zu ihm herüber und nahm ihn ohne Umstände in die Arme. Sie legte ihr Gesicht in seine Halsbeuge, störte sich nicht daran, daß ihre Brüste sich an ihn preßten, und schnaubte kleine Küsse auf seine Schulter.

»Oh je«, sagte sie dann irgendwann und löste die Umarmung. Er hatte sich kaum bewegt, nur einen Arm ganz leicht über ihre Taille gelegt und seine Fingerinnenseiten spüren lassen, wie ihr pulsierendes Blut den Schweiß auf ihrer Haut erwärmte.

Es war noch zu früh, zu nahe an der Eruption, sonst hätte ihn der Anblick, wie sie sich jetzt streckte und bog, wieder erregt. Sie lächelte ihn an und spreizte ihre Finger: »Geh'n wir ins Kino?«

Wochenlang aquarellierte sie, und in den neuen Bildern, die sich bald wieder doppelreihig ums Zimmer legten, zeigte sich erneut dieser langsame Tanz, den Martins Körper zu vollführen schien. Ein Fruchtbarkeitstanz diesmal. Jede dieser einsamen, um sich selber kreisenden Gestalten war ein Priapos mit erigiertem Glied und irritierend archaischer Ausdruckskraft.

42.

Es ist seltsam. Seit Rudi nach Hamburg gefahren ist, sieht Martin die beiden als Liebespaar. Er sieht Rudi sich rasieren und Anne, wie sie ihn verschlafen und zerzaust auf den Bizeps küßt. Bizeps? Hat Rudi nennenswerte Muskeln? Martin weiß es nicht. Er sieht Anne, wie sie ihre Beine um Rudis Hüften schlingt, sich an ihn stößt und keuchend einsilbige Wörter stammelt. Er sieht Rudis Hintern auf und ab gehen und vor und zurück, sieht sie beide in obszöner Raserei aneinander reißen und zerren und sieht sich, der gefühllos und gelassen wie ein Zensor das Geschehen auf dem Fernsehschirm verfolgt.

Es tut nicht weh. All diese Vorstellungen tun nicht weh, es geht nicht um Eifersucht, er fühlt nichts dabei, außer dieser Übelkeit, von der er sich jedesmal fast übergeben muß.

Und immer öfter wird ihm die Wohnung zu eng, schnürt er ziellos durch die Straßen oder findet sich in der Badewanne liegend, ohne irgendwas zu wollen, außer endlich wieder müde sein und den Tag so wegwerfen wie den letzten, den vorletzten und alle bisher, seit Rudi gefahren ist. Eine Woche ist das nun schon her.

Im Centro Storico ist er jeden Weg schon zigmal gegangen, alles, was ihn lockte, hat er längst schon angesehen. Außer dem Forum. Aber was soll er dort? In die Macchia kotzen?

Gleichzeitig ungehalten und froh ist er dann über die Störung, als Sharon an der Tür klingelt und ihn einlädt, mit ihr in den Park bei der Villa Medici zu gehen. »Der Pincio«, sagt er, um irgendwas zu sagen. »Du siehst aus, wie du brauchst Tageslicht«, antwortet sie.

In der Via Flaminia, auf der Höhe des Automobilclubs, hakt sie sich bei ihm unter, und so sehr er diese altmodische Geste immer gemocht hat, so unangenehm ist sie ihm auf einmal, weil er spürt, daß er nichts spürt. Er will nicht. Wieso reagieren seine Nerven am Unterarm nicht auf ihre Brust? Wieso interessiert sich seine Haut nicht für ihre? Wieso fühlt er sich nur gebremst oder festgehalten, anstatt berührt? Wieso kommen ihm Sharons Sommersprossen auf einmal wie abwaschbar vor? Und, noch schlimmer: Wieso hat er Lust, sie abzuwaschen?

Sie reden belanglos, kultiviert, wie Geschwister, die sich verpflichtet fühlen, einander zu berichten, aber nicht wissen wollen, was den anderen bewegt. Irgendwann sagt sie: »Tut mir immer noch leid, wegen dein Wagen. Daß ich es hab mir klauen lassen.«

»Ist nicht schlimm«, sagt er und hört sich reden, wie durch den Kopfhörer eines schlechten Walkmans. Dünn. Kraftlos. Er versucht es nachträglich besser zu machen: »Hätte mir doch auch passieren können. Bitte vergiß es. Normales Pech.«

»Ich hätte mich schon früher wieder gezeigt«, sagt sie, »eigentlich wollte ich bei Manfred mit dir reden, aber du warst plötzlich weg.«

»Ja«, sagt er.

»Und dann war bis jetzt mein Bruder da.«

Er ist Künstler, erzählt sie, und gerade in Ligurien. In

zwei Wochen wird er wieder hier in Rom sein. »Dann kannst du ihn kennenlernen«, sagt sie, als wäre klar, daß Martin danach gieren muß. »Und dann geh ich wieder nach Brisbane.«

Eine Zeitlang bleiben sie bei den Fahrrad- und Rollbrettartisten stehen, von denen einer mit verbissener Energie an der für ihn zu hohen Latte scheitert, ohne das Bedauern der zuschauenden Mädchen und Lachen der Konkurrenten zu beachten. Jedesmal hat er diesen siegesgewissen Blick, wenn er anläuft, um sein Rollbrett auf Touren zu bringen, und jedesmal schlägt er mit den Knien die Latte vor sich weg. Und jedesmal ist er enttäuscht, aber so, als wäre es nur dies eine einzige Mal, nur zufällig schiefgegangen und dürfe man ihm solch kleines Pech nicht ankreiden. So muß man leben, denkt Martin, keinen Beweis gelten lassen und eine glorreiche Zukunft hinter jeder nächsten Straßenecke wissen.

Sie verabreden sich für den übernächsten Abend und trennen sich bei der spanischen Treppe, wo Martin noch eine Zeitlang sitzenbleibt und sich das abendliche Gewimmel der Touristen ansieht. Ich gehöre nicht hierher, denkt er irgendwann, und es kommt ihm wie eine Erleuchtung vor. Ich will nicht nach Hamburg zurück, ich will nirgendwo hin, aber wo ich bin, passe ich nicht. Und ich habe Geld und will nichts. Doch, denkt er trotzig und steht auf, ich will was. Alle Bilder von Anne. Alle. Aber eigentlich: Will er? Haben will er sie nicht. Nicht behalten. Verkaufen ja – weg von ihr sollen sie, könnten sich seinetwegen auch in Luft auflösen, in die Welt verstreuen, Hauptsache, Anne besitzt sie nicht mehr.

Die nächste halbe Stunde verbringt er damit, die Via del Babuino entlangzugehen, dann um die Piazza Venezia und zu überlegen, ob er zuerst essen soll oder sich gleich betrinken, aber die Gegend um das Forum, in der er dann landet, lädt zu nichts von beidem ein. Irgendwann findet er sich zu Hause in der Badewanne, eine überlaute Mahler-Sinfonie aus Rudis Zimmer dröhnend und eine Flasche Rotwein neben sich auf einem Stuhl. Und eine zur Reserve in Reichweite am Boden.

15.

Ihre Examensarbeit war noch nicht benotet, da hatte Anne schon eine Stelle als Tutorin an der Kunsthochschule. Sie schien sich nicht sonderlich darüber zu freuen, und immer, wenn sie über den Professor sprach, schwang ein verächtlicher Ton mit, als sei es unter ihrer Würde und nur durch Überwindung möglich, mit diesem Kerl zu arbeiten. Martin hütete sich zu fragen, was sie gegen den Mann habe, denn er wußte, ihre Antwort würde einsilbig sein.

Sie lebten nebeneinander her. Er stand nicht mehr Modell, denn Anne war die meiste Zeit an der Hochschule, und nachts, wenn er fuhr, arbeitete sie an beiden Serien abwechselnd. Mal übertrug sie die ersten Skizzen in Öl, und mal aquarellierte sie nach den zweiten. Sie trennte streng. Die unverfänglichen Arbeiten waren alle groß, in Öl, und die obszönen filigran in Aquarell.

Nichts von der Spannung zwischen ihnen war geblieben. Anne jedenfalls schien die Erregung der vorhergegangenen Tage vergessen zu haben, und sie lebten wieder zusammen, als ginge es um die Miete und teile man sich nüchtern den Raum, ohne mehr vom anderen zu wollen, als daß sich seine Gegenwart rentiert.

Natürlich wartete Martin wie ein Hund auf einen Knochen, aber Anne blieb gelassen und geschwisterlich; die Erinnerung an ihre Nacktheit, an ihr exzessives Gebaren vor der Staffelei, die Geräusche aus dem Nebenzimmer und die kurze Umarmung waren wie aus einer anderen Welt und Zeit.

Eines Tages, nachdem Anne das Wochenende bei ihrer Großmutter im Ruhrgebiet verbracht hatte, legte sie lächelnd eine Uhr auf den Tisch. »Für dich«, sagte sie, »ein Geschenk.«

»Wieso?«

»Weil du so ein phantastisches Modell bist und ich dir die besten Bilder verdanke, die ich je gemalt habe.«

Die Uhr war flach, vergoldet, mit einem hellbraunen Lederarmband, das noch nachdunkeln würde, römischen Zahlen, Datumsanzeige und einem kleinen Ausschnitt, in dem sich ein Mond und kleine Sternchen bewegten.

»Bist du auf einmal reich geworden?«

»Nein, meine Oma Borowsky hat mich fürs Examen belohnt.«

»Danke. Deine Oma ist toll.«

»Ja.«

Martin legte seine Allerweltsuhr ab, die er irgendwann von irgendwem für irgend etwas eingetauscht hatte, und streifte sich die neue übers Handgelenk. »Jetzt freu ich mich noch drüber, daß die Zeit vergeht«, sagte er.

43.

Sharons Bruder scheint seine Informationen darüber, wie ein Künstler aussieht, aus den Anzeigenkampagnen der Bekleidungsbranche zu haben. Er ist schwarz gekleidet, schiebt sich mit affektierter Gebärde immer dieselbe Strähne seines glatten langen Blondhaars hinters Ohr und übt noch an einer auf misanthropische Wirkung zielenden Stellung seiner Mundwinkel. Vergißt er dieses Theater für kurze Zeit und träumt einfach in die Leere seiner Gedanken hinein, dann sieht er aus wie ein Jüngelchen, das Popstar werden will, aber wenn er sich beobachtet glaubt, spricht oder zuhört, gibt er sich diesen abschätzigen Zug um den Mund, den er wohl für den adäquat verlebten Ausdruck europäischer Dekadenz hält. Zu allem Überfluß heißt er auch noch Roy. So heißt man als Zauberer, denkt Martin, oder wenn man, den pastellfarbenen Hemdkragen übers pastellfarbene Revers gelegt, Orgel in einem Einkaufszentrum spielt. Kleidet sich wie Zorro und heißt wie eine Glanzrolle für Ned Beatty.

Sharon jedoch scheint ihn für ein Genie zu halten. Sie präsentiert ihn mit strahlendem Lächeln und glänzt wie eine Mutter voller Stolz auf ihre Frucht. Sie erläutert sogar sein Konzept einer »Kunst der Zerstörung«, während er schon wieder an der Perfektionierung seines Überdrußmundes arbeitet. »Demolition«, sagt sie, »der konsequenteste Ausdruck von Veränderung, Metamorphose, Neuanfang; wenn du ein Brucke sprengst, dann sprengst du ein alte Ubereinkunft.«

Das klingt ja wie Anne, denkt Martin. Bin ich so weit gereist, um schon wieder Geschwafel zu hören? Aber da ist auf einmal auch ein kleiner Schimmer auf Sharon, eine Aura, die bisher nicht um sie war. Für schwärmerisch hätte er sie nicht gehalten. »Eine Brücke kann abgetreten sein und ausgelatscht«, sagt er, »man müßte einen Dom sprengen, ein Kunstwerk, man muß intakte Übereinkünfte zerstören, nicht überkommene.«

»Uberkommene?« fragt sie, »was ist uberkommene.«

»Hasbeens«, sagt er.

»Die Mona Lisa«, sagt Roy.

»Genau«, sagt Martin. »Kunst muß Kunst angreifen, nicht das Leben. Das ist nicht neu. Das Leben war schon immer der Gegner. Kennst du Arnulf Rainer? Schon was von ihm gehört?«

»Yeah«, sagt Roy. Er fühlt sich verstanden und vergißt, seine Mundwinkel unten zu behalten.

Sharons Augen machen eine flinke, kleine Bewegung zu Martin hin. Sie ist unsicher, ob er ihren Bruder auf den Arm nimmt. »Ich hab Hunger«, sagt sie, »gehen wir was essen?«

»Zu mir«, sagt Martin, »ich koche.«

Roy kommt nicht mit. Ob er wirklich keinen Hunger hat, wie er sagt, oder seiner Schwester nicht ins Gehege kommen will, diese Frage erzeugt ein kleines Kitzeln in Martins Hinterkopf, und er wünschte, er hätte

Sharons Gesicht gesehen in dem Augenblick, als ihr Bruder sich verabschiedete.

Seltsam, Sharon setzt sich ohne zu zögern auf seinen Lieblingsstuhl direkt neben der Spülmaschine. Den am wenigsten bequemen in der ganzen Wohnung. Sie legt ihre Hände in den Schoß, wie ein junges Mädchen, das sich schüchtern, der eigenen Körperlichkeit bewußt, am liebsten verstecken würde. Sie schaut zu, wie er die getrockneten Steinpilze einweicht, Wasser für die Pasta aufsetzt, eine Mehlschwitze anbräunt und sie dann mit Rotwein ablöscht. Erst als er Zwiebeln zu schälen beginnt und einen Strauß Petersilie zurechtlegt, bietet sie ihm ihre Hilfe an.

»Bleib sitzen«, sagt er, »siehst schön aus.«
»Danke.«
»Obwohl du dir den ungemütlichen Platz rausgesucht hast.«
»Ungemutlig?«
»Uncomfortable.«
»Oh. The seat is okay. Muß nicht gemutlig sein.«
Martin lächelt. Diese Antwort hätte auch er geben können. Wie kommt diese angenehme Frau zu einem so unangenehmen Bruder?
»Kann ich vielleicht ein Dusche nehmen?«
»Sogar ein Bad. Wir haben eine Badewanne.«
Er zeigt ihr das Badezimmer und ist überrascht, daß sie, als er mit zwei Handtüchern aus Rudis Kleiderschrank zurückkommt, schon begonnen hat, sich auszuziehen. Schnell verschwindet er wieder aus der Tür, denn sie scheint sich mit nacktem Oberkörper zu ihm umdrehen zu wollen. Lacht sie? Es klang so.

Er deckt den Tisch und entkorkt eine neue, bessere Flasche. Er weiß, daß Sharon seine Gedanken liest, und ist nicht erstaunt, als er sie rufen hört: »Bringst du mir ein Schluck?«

Höflich hält er beim Betreten des Badezimmers die Augen gesenkt, aber er muß ihre Hand finden, um ihr das Glas zu reichen, und sieht sie lächeln über seine Scheu.

»Bonnard«, sagt er, »die Frau in der Badewanne. Dein Bruder müßte jetzt ein Säureattentat auf dich in Erwägung ziehen.«

»In Erwägung ziehen?«

»Sorry, ich rede wie ein Beamter.«

»Ist Bonnard ein Impressionist?«

»Ja. Einer aus der Gruppe der Nabis um Gauguin.«

»Du bist ein kluger Mann.«

»Nein.«

Martin ist halb draußen, als sie noch sagt: »Bringst du mir auch ein Zigarette?«

Würde sich gar nichts mehr bei ihm regen, wäre er wirklich so abgestorben und stumpf, wie er glaubt, dann dürfte der Anblick ihrer im Wasser schwimmenden Brüste nur belustigtes Erstaunen bei ihm auslösen. Wie zwei übergroße chinesische Fahrradklingeln oder diese geschmacklosen und für humorvoll geltenden Puddinge dümpeln sie in heiterer Symmetrie nebeneinander in der spärlicher werdenden Schaumschicht auf dem Wasser. Sharon reckt ihm ein entspanntes Gesicht entgegen, damit er ihr die brennende Zigarette zwischen die Lippen stecken kann. Es wäre lächerlich, jetzt noch den Gentleman spielen zu wollen, also setzt er sich auf den Wannenrand, bereit, ihr die Zigarette aus dem Mund zu nehmen, sobald die Asche eine kritische Länge angenommen haben würde.

»Bist du das im Schlafzimmer? Auf das Bild, meine ich.«

»Ja.«

»Du hast ein schöne Körper.«

»Du auch.«

Er nimmt ihr die Zigarette aus dem Mund und stippt die Asche ins Waschbecken.

»Ist das ein Selfportrait«, fragt sie, »malst du?«

»Nein, ich war nur das Modell.«

Sie inhaliert tief und schließt dabei die Augen, er soll sie in Ruhe betrachten. Sie verführt mich, denkt Martin, wann hat mich zum letztenmal jemand verführt?

16.

Es vergingen Wochen über Wochen, in denen Anne malte, Martin Taxi fuhr und sich nichts tat, was es wert gewesen wäre, auch nur eine Sekunde im alltäglichen Trott dafür innezuhalten. Manchmal sah Martin auf das Ziffernblatt seiner Uhr und dachte, ein Geschenk von ihr, sie hat mir tatsächlich ein Geschenk gemacht. Aber dann sprang die Ampel auf Grün oder stieg ein neuer Fahrgast in den Wagen, und nichts weiter, kein Gedanke, kein Gefühl stellte sich dazu ein. Wie ein Mantra ohne Wirkung schrieb sich der Satz, sie hat mir ein Geschenk gemacht, über jeden Anblick, der gerade vor seinen Augen lag. Ein Untertitel ohne jeglichen Bezug zum Geschehen. Nur vage kam Martin zu Bewußtsein, daß er vegetierte, daß er ausschließlich wartete auf ein erneutes Blitzen in Annes Augen, einen Griff zum Bund ihres T-Shirts, einen Satz wie »Ich hab was Neues vor, hast du heut nachmittag Zeit?«

Ich bin stumpf, dachte er immer öfter, so wollte ich nie leben, ich spüle meine Lebenszeit gedankenlos ins Klo. Aber er glaubte auch, daß das Warten sich lohnte, daß irgendwas noch kommen mußte, denn sonst wäre Anne schon längst wieder weg. Daß sie ihn nicht liebte, hatte er irgendwann unterwegs entdeckt, ohne eigens darüber nachzudenken. Sie wußte nichts von ihm, wollte nichts wissen, sprach nicht von sich und lebte ihr eigenes Leben selbstgewiß mit katzenhafter Ruhe, ohne sich von seiner Anwesenheit in irgendeiner Weise stören zu lassen. Sie sah ihn überhaupt nicht. Oder falls doch, dann ließ sie sich nichts davon anmerken. Ebenso nebenbei war ihm aufgegangen, daß er sie liebte. Und hoffte, seine Geduld würde ausreichen, irgendwann auch in ihr ein größeres Gefühl zu erwecken. Diese Vertrautheit mußte doch zu irgend etwas führen.

Eines Nachmittags stand eine junge Frau vor der Tür und sagte: »Hallo, ich bin Marlies.«

»Du willst sicher zu Anne«, sagte er und öffnete die Tür, damit sie eintreten konnte, »sie ist noch nicht da.«

»Ich weiß, ich soll hier auf sie warten.«

Sie zog ihre Jacke aus, sah sich um wie eine Mutter, die zum ersten Mal ihr studierendes Kind besucht, oder ein Hotelgast, der sich fragt, ob es lohnt zu reklamieren. Ihre Augen fanden zielsicher die geöffnete Tür zu Annes Zimmer. »Ist da das Atelier?«

»Ja.«

Jetzt bewegte sich Marlies' Blick zwar freundlich, aber eindeutig kritisch von oben nach unten über Martins Äußeres. Sie schätzte ihn ab. »Und du bist mein Partner?«

»Partner? Bei was denn?«

»Bei der Session. Hat Anne nichts gesagt?«

Marlies hatte ihre Jacke auf das Flurtischchen gelegt und war in Annes Zimmer getreten. Dort drehte sie sich um die eigene Achse und nahm alles, die Bilder an den Wänden, das Bett, das Podest und die Staffelei in Augenschein.

»Nein, sag du's mir.« Martins Tonfall mußte ärgerlich geklungen haben, denn sie sah ihn nur stumm und forschend an, so als überlege sie, ob er vielleicht durchdrehe und man sich seiner erwehren müßte. Dann setzte sie sich aufs Podest und stützte sich links und rechts mit flachen Händen ab. »Wir schlafen miteinander.«

»Was?«

»Und Anne zeichnet uns dabei.«

»Das ist nicht wahr.« Martin fühlte sich schwindlig und hätte sich auch gern irgendwo abgestützt.

»Noch nicht.«

Marlies schaute zu Boden, vielleicht, damit er in Ruhe seine Fassung wiedergewinnen konnte. Sie senkte den Kopf bis fast auf ihre Knie und ließ die Hände auf dem Holz des Podestes neben sich liegen. Es sah aus wie eine Yogaübung. Dann schaute sie auf zu ihm. Er starrte sie nur unverwandt an.

»Du kennst mich doch überhaupt nicht.«
»Nein.«
»Und das macht dir nichts?«
»Nein, ich glaube nicht.«
»Bist du auch Künstlerin?«

Sie lächelte und schüttelte den Kopf. »Nein, Kunstgeschichte. Anne hat mich gebeten, ihr mit dir zusammen Modell zu stehen«, sie kicherte, »zu turnen, müßte man vielleicht besser sagen. Wir turnen, Modell für erotische Bilder.«

Martin schüttelte nur stumm den Kopf. Wollte man nicht die Wohnungseinrichtung oder Annes selbstgewissen Gesichtsausdruck zerschlagen, dann mußte man vor soviel Chuzpe einfach kapitulieren. »Das ist nicht zu fassen«, sagte er leise, »sie glaubt, sie kriegt alles mit einem Fingerschnippen.«

Marlies lächelte belustigt: »Scheint mir, sie hat recht.«

»Ein paar Semester Psychologie würden ihr vielleicht guttun. Menschen haben Gefühle.«

»Jetzt tust du so, als sei das ein schrecklicher Gedanke.«

»Mit dir zu schlafen?«
»Ja.«

»Entschuldige, so war's nicht gemeint, nur... ach verdammt, ich will jetzt nicht auch noch höflich sein. Man schläft doch nicht einfach mit jeder attraktiven Frau.«

»Die Männer träumen davon, nach allem, was ich weiß.«

»Quatsch.«

Eine Zeitlang schwieg Marlies, und ihr amüsiertes Lächeln verlor sich. Ihre Augen wurden schmal. »Danke«, sagte sie in sarkastischem Ton.

»Hm?«

»Dafür, daß du attraktiv gesagt hast.« Sie legte sich rücklings auf das Podest. »Daß sie dich nicht vorher fragt, ist schon blöd.«

»Kennst du sie schon lange?«

»Sehr lange«, sagte Marlies wieder in diesem leicht sarkastischen Ton, »du bist hoffentlich nicht in sie verliebt.«

Martin schwieg, und sie zog den einzig folgerichtigen Schluß daraus. »Gratuliere«, sagte sie, ohne sich aufzurichten.

Nein, ich werde kein schlechtes Gewissen gegenüber dieser netten Frau haben, sagte sich Martin, als er die Tür hinter sich schloß. Er ging los, nach links, dann den Grindelhof hinunter und weiter bis zum Eppendorfer Baum, wo er sich an ein Geländer lehnte, um ins träge Wasser eines Fleets zu starren.

Er wollte nicht nach Hause zurück. Wozu auch. Sollte er ihr sein Elend ins Gesicht schreien? Er wußte jetzt schon, wie ungerührt, erstaunt und arglos ihr Gesicht aussehen würde. Er hatte keine Freunde mehr, niemanden, zu dem er gehen und um zwei oder drei Nächte Asyl bitten konnte. Er lebte hermetisch in dem kleinen Stückchen Welt, das er mit Anne und ihrer Leidenschaft für Malerei bewohnte, und nichts mehr außerhalb, keine Freundschaft, keine Kollegialität, kein Geplänkel hatte überdauert. Er setzte sich in den Wienerwald und betrank sich.

44.

Sharon geht zum Herd und stellt den Knopf unter dem Pastawasser auf Null. Dann nimmt sie Martins Hand und zieht ihn mit sich in sein Zimmer. Als müsse sie noch deutlicher werden, faßt sie dort den Saum seines Polohemdes und zieht es über seinen Kopf. Wie ein Kind hält er die Arme nach oben, um es ihr leicht zu machen, läßt sich ziehen, zuerst neben sie, dann über sie, und folgsam, so als wäre dies besprochen und gelernt, läßt er das Gleiten seiner Hände von Sharon dirigieren, die sich einrichtet in seinen Bewegungen, ihre Augen schließt und sich ihm überläßt.

Ist das alles, denkt er irgendwann. Eine Frau liegt unter mir, und ich bewege mich auf und ab und warte auf ihren Orgasmus? Oder meinen? Was tu ich hier? In der Missionarsstellung wie ein Schüler auf seiner Lehrerin herumhoppeln?

»Was hast du«, fragt Sharon, nachdem er einige Zeit wie abgeschaltet auf ihrem Bauch gelegen hat.

»Entschuldige, es ist nicht wegen dir. Ich muß was verkraften.«

»Verkraften?«

»Get over something.«

»Somebody?«

»Ja. Es tut mir leid.«

17.

Drei Wochen lang hatte Anne sich nicht blicken lassen. Drei Wochen, in denen Martin sich an Spielautomaten, in Kinos oder Cafés die taxifreie Zeit vertrieb, bis er endlich müde oder betrunken genug in die leere Wohnung ging, um wie ein Stein ins Bett zu fallen. Man hatte ihm Tagschichten übertragen, und er wußte nichts mehr anzufangen mit den Nächten, in denen alle durcheinanderrannten, hin und her, von Altona nach Eppendorf, vom Hafen nach Sankt Georg, dort einen suchten und hier einen fanden; und er, anstatt diese aufgedrehten, fröhlichen Menschen zu befördern, irrte deplaziert und verwirrt zwischen ihnen umher und kam sich vor wie ein ausgestorbenes Tier.

In Annes Kleiderschrank schien nicht viel zu fehlen, und die Bilder hingen und standen alle noch da, also war sie nicht ausgezogen. Er legte ihren Teil der Miete aus, als der Hausbesitzer zum Kassieren kam. Er goß die Glyzinie auf ihrem Fensterbrett und achtete darauf, daß Bier im Kühlschrank war und Schokolade für ihren anfallartigen Heißhunger.

»Hallo«, sagte sie dann eines Abends, als er müde die Tür ins Schloß zog. Er hatte schon von draußen das Licht in ihrem Zimmer gesehen und erschrak deswegen nicht, als sie ihm gegenüberstand. Auch sie mußte gehört haben, daß er kam, denn sie hielt eins der großen Bilder in den Händen und streckte es ihm entgegen. »Das schenk ich dir«, sagte sie, »ich glaub, es ist eins von den besten.«

»Danke.« Er nahm es und trug es in sein Zimmer.

Sie folgte ihm auf dem Fuß und stand schüchtern in der Tür. Sie legte die Hand an den Türrahmen, wie jemand, der verlegen nach dem richtigen Anfang einer heiklen Aussage sucht. Sie wartete, bis er sich zu ihr umdrehte. »Warst du sehr verletzt?«

Der teilnahmsvolle Tenor dieser Frage verblüffte ihn so, daß er viel zu schnell nein sagte und dieses Nein sogar noch mit einer wegwerfenden Handbewegung unterstrich.

»Ich wollte dich nicht überfahren. Es war mehr so wie ein Geschenk gedacht. Ich dachte, du freust dich und findest es toll.«

»Mit einer Frau zu schlafen, während du zeichnest?«

»Ja. Sie ist doch sehr schön.«

Martin schüttelte einfach den Kopf. Was sollte er hier groß erklären? »Das war ein Quasimirgeschenk.«

»Was?«

»Quasimir. Das sind Geschenke, die man anderen macht, aber selber benutzen will. Ich schenke dir Reizwäsche, die ich in Wirklichkeit an dir sehen will, du schenkst mir einen Fick, den du in Wirklichkeit zeichnen willst.«

Sie lächelte. »Einen Fick? Wie redest du denn auf einmal, ich dachte, du bist ein Romantiker.«

»Ist ja wohl egal, oder?«

In null Komma nichts war der Dialog zum Geplänkel heruntergekommen. Martin wollte nicht plänkeln, nicht so tun, als zankten sie sich wie ein Liebespaar zum Spaß um eine Unwichtigkeit. Es war nicht unwichtig, und ihm war nicht nach Spaß zumute. Und sie waren kein Liebespaar.

»Ich will aber unbedingt einen Liebesakt studieren«, sagte Anne wie zu sich selber, während sie auf den Boden starrte und mit dem Fingernagel in den Zähnen bohrte.

Martin spürte, daß sich seine Mundwinkel zu einem kleinen Grinsen verzogen. »Im Puff gibt es Paare. Studier doch die.«

»Es geht nur mit dir«, sagte sie ernst, den Blick noch immer auf die Dielen gerichtet, »andere Männer strahlen das nicht aus.«

Martin ging in die Küche, um ihr ein Bier aus dem Kühlschrank zu holen. Er öffnete die Flasche und wollte sie ihr bringen, da stand sie schon in der Tür und sagte: »Hast du Lust, mit mir aufs Land zu fahren?«

45.

Rudi muß Sharon im Treppenhaus begegnet sein, so kurz nach ihrem Weggang steht er auf einmal vor Martin. »Ich hab die Bilder«, sagt er mit einer Stimme, als hätte er jemanden umgebracht. »Stör ich dich bei irgendwas?«

»Nein«, sagt Martin müde, »das hab ich schon selber getan.«

»Sharon? Ich hab sie unten getroffen.«

»Mhm.«

Rudi nimmt die rote Mappe aus seinem Koffer und legt sie auf den Tisch. Er faßt sie an, als wäre sie aus Glas oder könne seine Fingerspitzen kontaminieren. »War teuer«, sagt er. Wieder mit dieser Grabesstimme.

Martin ist zu unkonzentriert, zu sehr mit Sharons gütigem Verständnis beschäftigt, das er, wie vielleicht jeder Mann in dieser Situation, nur als Verachtung zu interpretieren vermag. Diese Verachtung allerdings berührt ihn nicht. Fast fühlt sich sein Versagen an wie ein glänzender Triumph. Und das erinnert ihn an Anne.

»Ruf die Schwulen an. Die Bilder sind in einer Woche weg.«

»Sie sind gut«, sagt Rudi leise.

»Ich weiß.«

»Zu gut für irgendwelche schwulen Schlafzimmer, mein ich.«

»Und wieso das? Seit wann ist ein Bild zu gut, um es zu verkaufen? Was würdest du sonst damit tun?«

»Ausstellen«, sagt Rudi, und es klingt wie ein Seufzer, »drucken, veröffentlichen, die Malerin berühmt machen. Das ist Klassen über Wunderlich und Bruni und all diesen Wartezimmerkünstlern. Die ist gut. Richtig gut. Der einzige Vergleich, der mir einfällt, ist Leonor Fini.«

Martin kratzt mit dem Fingernagel auf der Tischplatte. Aber er zeichnet nur eine imaginäre Linie, denn das Eichenholz widersteht seiner gedankenlosen Mühe. »Du kannst die in Rom nicht ausstellen. Du hast sofort die Polizei im Laden.«

»Aber in New York vielleicht?«

»In New York? Was willst du dort? Und vor allem: Was kannst du dort?«

»Ach, ich weiß nicht«, sagt Rudi. »Vergiß es. Ich hab nur das Gefühl, daß wir hier was verschleudern, was man nicht verschleudern darf.«

»Ich darf«, sagt Martin und hört selber, wie trotzig

und kindisch das klingt. Rudi sieht ihn lange und forschend an.

»Vielleicht«, sagt er. Und nach einiger Zeit, in der sie beide schweigen: »Aber vielleicht auch nicht.«

»Okay«, sagt Martin dann jedoch zwei Tage später, als Rudi schon halb aus der Tür ist. »Wir stellen sie aus. Ich hab sogar schon eine Idee, wer Arne Boro sein könnte.«

»Willst du einen Schauspieler engagieren?«

»So ähnlich«, sagt Martin, »einen Künstler. Das heißt, einen Typen, der sich dafür hält. Er sieht gut aus, er ist eitel, die Schwulen werden ihn mögen.«

»Gut«, sagt Rudi und geht.

18.

»Wovon träumen wir eigentlich?« fragte Martin, als links und rechts die Alleebäume vorbeiglitten und ein hysterischer Herbstwind letzte Blätter über die Ebene jagte. Anne fuhr konzentriert und souverän, und seit Lüchow machte sie dabei sogar ein entspanntes Gesicht. Daß sie Auto fahren konnte, überraschte ihn. Als er sich ans Steuer setzen wollte, hatte sie gesagt: »Laß mich doch fahren«, und er hatte ihr den Schlüssel gereicht. Ihr Ziel lag in der ehemaligen DDR, in der Nähe von Osterburg. Es gehörte ihrem Professor. Ein Landhaus. Sie kannte den Weg.

»Wovon ich träume?«

»Nein, wir. Wir beide. Haben wir irgendein Ziel? Irgendwas, das wir erreichen wollen?«

»Also, ich möchte«, sie unterbrach sich, als überlege sie, ob sie wirklich aussprechen sollte, was ihr auf der Zunge lag, »eigentlich möchte ich so weiterarbeiten. Dich studieren in jeder Bewegung und jeder Haltung, bis ich dich auswendig kann.«

Martin schwieg. Wäre das nicht aufs Malen bezogen, dann klänge es wie eine poetische Liebeserklärung. Und es war nur mit Mühe als gemeinsames Ziel zu interpretieren. Er kam darin nur als Lieferant von Anblicken vor.

»Und du?«

»Nichts weiter. Ist schon recht so.« Wozu sollte er ihr erklären, was er gemeint hatte? Besser, er fand sich damit ab, als die Atmosphäre durch unerfüllte Wünsche zu vergiften. Sie fragte nicht weiter, machte nur ein Gesicht, als sage sie sich: Das hab ich mir doch gedacht.

Nach einigen Kilometern nahm sie das Thema wieder auf: »An welchem Ort wärst du am liebsten?«

»Hier«, sagte er, »mit dir?«

»Wieso klingt das wie eine Frage?«

»Das weiß ich nicht.« Sie hatten die Elbe überquert und durchfuhren jetzt ein Dorf namens Ritzleben.

»Ich wär am liebsten in Rom. Auf dem Forum Romanum, um genau zu sein. Und um ganz genau zu sein, in dieser Speicherruine, kennst du Rom?«

»Nein.«

»Es ist die schönste Stadt.«

»Wieso genau in dieser Speicherruine?«

»Weil ich dort ein unglaubliches Erlebnis hatte.«

»Eine Erscheinung?«

»Könnte man so sagen. Eine erotische Erscheinung. Oder vielleicht besser, Offenbarung.«

Das wollte Martin nicht genauer wissen, also sah er auf seiner Seite aus dem Wagenfenster und schwieg. Irgendwann bogen sie ein vor ein kleines heruntergekommenes Anwesen, das in einem verwilderten Park stand und vor vielen Jahren ein Herrenhaus mit Wirtschaftsgebäuden gewesen sein mußte. Anne fuhr vor eines der kleinen Häuser am Rande und parkte den Wagen. »Wir sind da«, sagte sie, »das war früher mal eine Ballettschule.«

46.

Die Stimmung im Viale Vignola bleibt düster und verhalten. Martin weiß den Grund. Seit Rudi aus Hamburg zurück ist, quälen ihn Gewissensbisse, weil er Anne um den ihr zustehenden Ruhm betrügt, aber mehr noch bewegt ihn die Sehnsucht nach ihr. Man sieht ihm die Verliebtheit an. Diese verlorene Beschwingtheit im Gang, diese überraschte Unsicherheit bei den alltäglichsten Verrichtungen und dieser leere, verwaschene Blick des Erinnernden, der ihm jeden Moment den Kontakt zur Wirklichkeit entziehen kann, sprechen eine noch deutlichere Sprache, als es sein entrücktes Schweigen alleine schon vermag.

Bisher war zwischen ihnen dieses gelassene Männerschweigen üblich, ein Schweigen des Inhalts »Wir müssen nicht reden«, aber jetzt kriecht das andere, das fordernde und verzehrende Schweigen durch alle Ritzen, von keiner räumlichen Distanz unterbrochen, von keiner Tür aufgehalten und von keiner Musik übertönt. Dieses Schweigen schreit: »Ich muß dir was sagen, ich kann aber nicht.«

Meine Tage hier sind gezählt, denkt Martin, ich muß mir eine Wohnung suchen. Aber wozu eigentlich? Wieso nicht gleich eine andere Stadt? Was soll er in Rom? Er kann überall hingehen, sogar nach Hamburg zurück. Aber was soll er dort? Was soll er irgendwo?

»Wer soll das sein, der Künstler?« fragt Rudi nach einigen Tagen, in denen Martin, um dieses Leiden nicht dauernd mitansehen zu müssen, die meiste Zeit in der Stadt verbrachte.

»Sharons Bruder.«

»Ach der, den hab ich schon mal gesehen. Schick ihn in den Laden, ich will sehen, ob man ihm trauen kann.«

»Wieso trauen? Was gibt's denn da zu trauen?«

»Na, was denkst denn du? Wenn der nachher mit dem erfolgreichen Namen weitermachen will? Dann haben wir einen leibhaftigen Arne Boro am Hals, der uns womöglich erpreßt oder irgendwas in der Art.«

»Der ist ein ganz kleines Würstchen. Keine Gefahr. Sag ihm, was er tun soll, und gib ihm Hunderttausend, dann tut er brav, was ihm aufgetragen wird.«

»Hast du eine Ahnung von der Gefährlichkeit kleiner Würstchen?«

»Was denn für eine Gefährlichkeit«, sagt Martin ärgerlich, »von was für Gefahren hast du's eigentlich?«

»Ich weiß auch nicht«, lenkt Rudi ein, und seine Stimme klingt zerknirscht, als wolle er sich für eine Missetat entschuldigen, »ich finde die ganze Sache wohl einfach link.«

»Link? Was ist das denn für ein Ausdruck? Den hab ich schon seit acht oder zehn Jahren nicht mehr gehört.«

»Kann stimmen.« Rudi grinst. »So lang etwa bin ich aus Deutschland weg.«

»Hast du nie Heimweh?«

»Nein.«

»Ich auch nicht.« Martin hört seine eigene Stimme wie die eines Synchronsprechers, den man gleich ermahnen wird, das könne er noch besser.

»Also, schick mir den Mann«, sagt Rudi, und zum ersten Mal seit Tagen ist die Stimmung zwischen ihnen wie früher, als sie noch staunen konnten, was sich alles mit einem bißchen Geld und Kenntnissen bewegen läßt.

19.

Fast das ganze Innere des Häuschens war ein einziger Raum, der, zum Atelier mit Bett und Küchenzeile ausgebaut, durch vier Türen zum Garten und zwei verglaste Mansarden von Tageslicht überflutet wurde. Das Dachgebälk lag frei, und der Boden war mit hellroten Dielen bedeckt, die zwar schon bessere Tage gesehen hatten, sich aber in eindrucksvoller Länge, ohne Schnitt, durch den ganzen Raum zogen. An einer der Schmalseiten verbarg ein riesiger Spiegel die Wand. Die Haltestange, die einmal davor gewesen sein mußte, war abgenommen worden. Man sah im Boden noch die Spuren der Verankerung. »Mensch, das wär ein Atelier für dich«, sagte Martin begeistert und sah sich um.

»Nur zu still ist es außenrum«, sagte Anne. »Als Liebesnest geht's auch.«

Martin sah sie fragend an. Er hoffte, sie würde nicht von irgendeiner Erinnerung anfangen, hoffte, sie hätte nicht hier in diesem Raum etwas erlebt, das ihm den Aufenthalt vergiften würde, aber sie lächelte ihn an und wiederholte »Liebesnest«.

Ihm schlug das Herz auf einmal so hoch, daß er glaubte, es müsse ihm die Schlüsselbeine brechen. Er wandte sich ab, um seine Freude nicht zu zeigen, ging nach draußen und holte das Gepäck.

Sie fuhren zum Einkaufen in die nahe Stadt und kochten dann gemeinsam. Anne plapperte wie ein idyllischer Bach, aber vor lauter Phantasien drang fast nichts von dem, was sie erzählte, bis zu Martins Bewußtsein vor. Sie beschrieb ihm wohl einige Anblicke in Rom, die neuen Farben der Sixtina, das gelackte Dunkel in einem Bild von Caravaggio, an dem sie kein gutes Haar ließ; hätte es Kaufhäuser im Barock gegeben, dann hätte er wohl für die gemalt, sagte sie, und Eifer ließ ihre Stimme für einen Moment blank und grell klingen, aber für Martin war alles, was sie erzählte, nur Nebenmotiv, denn die Leitmelodie spielte in seinem Kopf und hatte nur eine Zeile Text: »Liebesnest.«

Es war kühl. Draußen zog Nebel auf und dämpfte zuerst den Glanz der virtuosen Amselmelodien, dann die Farben der Dämmerung, und irgendwann stand Martin auf, um Feuer im Kamin zu machen. Es gelang ihm auf Anhieb. Dafür, daß seine Pfadfindervergangenheit schon ein Vierteljahrhundert zurücklag und er seither nur mit Zentralheizung gelebt hatte, wußte er noch erstaunlich gut, wie man ein Feuer baut. Es knisterte und schmatzte in dem eleganten schwarzen Schwedenofen, und eine trockene Wärme erfüllte den Raum.

Mittlerweile war es dunkel, nur mehr das Licht zweier Kerzen und der rote Schimmer des Feuers erhellten mit spärlicher Milde die Szene. Sie saßen vor ihren leeren Tellern und träumten in das samtige Dunkel des Rotweins hinein, als sammle sich in den Gläsern alle Hoffnung, Erinnerung und Lust.

»Komm«, sagte sie irgendwann, viel später, als längst schon der Tisch abgeräumt, das Geschirr gespült und der zimmerlange Vorhang zugezogen war, und nahm ihn an der Hand.

Sie ging zum Bett, begann es zu ziehen, durch den Raum und vor den Spiegel. »Ich muß uns sehen«, sagte sie. Er half ihr.

Sie holte zwei weitere Kerzen, stellte sie auf den Boden, setzte sich aufs Bett, sah in den Spiegel, stand wieder auf, um den Standort der Beleuchtung zu verändern, bis das Bühnenbild für ihre Inszenierung stimmte, dann zog sie sich aus und sah sich dabei unverwandt zu.

47.

Es ist Herbst geworden. Die Stadt gehört wieder ihren Bewohnern. Und Martin wird einer von ihnen werden. Mit Franca Brauckners Hilfe hat er eine Wohnung gefunden, zwei Zimmer im obersten Stockwerk, nur eine Straße vom Campo Marzio entfernt. Er hat einen Computer gekauft und versucht, mit seinem »Tagebuch eines Toten« zu beginnen. Aber immer, wenn er eine Zeile getippt hat, gefällt sie ihm nicht, und er wechselt zum Ordner mit den Spielen und vertrödelt Stunden mit Mühle, Dame oder Mah Jongg. Es ist egal. Er lebt.

Erstaunlich, wie die Tage verschwinden, wenn man nichts tut außer Spazierengehen, Essen, Trinken, Schlafen, Lesen; sie vergehen schneller als jeder mit Arbeit ausgefüllte Tag. Martin wird manchmal an alte Schwarzweißfilme erinnert, in denen man das Fortschreiten der Zeit durch eins nach dem anderen vom Block flatternde Kalenderblätter symbolisiert. So mild, verträumt und verwischt wehen ihm die Tage nun zu Boden, während sein Geld sich noch immer vermehrt.

Rudi hat die Uhren sehr gut losgeschlagen, die letzten großen Bilder verkauft und legt sich jetzt ins Zeug, um aus der Ausstellung ein Ereignis zu machen. Er läßt die Drähte glühen und weckt jeden eingeschlafenen Kontakt, klaubt jedes lose Ende jeden Fadens wieder auf, um nur ja niemanden, dem er multiplikatorische Wirkung zutraut, zu vergessen. Er hat die Galerie einschließlich des Schaufensters mit grauem

Samt ausgeschlagen, vom Boden bis zur Decke ist der Raum in ein einziges warmes Grau getaucht, er hat neue Halogenstrahler installiert, die ein klares, abgegrenztes Licht auf jedes einzelne Bild werfen sollen, die Aquarelle stehen noch am Boden, ohne Glas, in schmalen weißen Leisten gerahmt, und der Anblick des Ganzen ist schon jetzt der einer hochästhetischen Installation. Auf den Einladungskarten steht »Erotika« und der Hinweis, man möge bitte keine Minderjährigen mitbringen, und Rudi hat ausschließlich persönlich eingeladen, kein Plakat gedruckt und keinen Journalisten informiert.

Noch hängt kein einziges Bild, aber Rudi sitzt fast jeden Tag stundenlang mit Roy zusammen, dem falschen »Arne Boro«, den er gründlich und geduldig instruiert. Das Modell sei sein verstorbener Zwillingsbruder, soll er sagen, ein in Australien legendärer Pornostar, mit dem er einen Sommer lang gearbeitet habe, um diesen Zyklus zu schaffen. Der Bruder habe sich umgebracht, und nur deshalb habe Roy sich entschlossen, diese Aquarelle auszustellen. Als einen Nachruf auf den toten Bruder, eine Art, dessen Asche auszustreuen.

Bis jetzt hat Roy kein Bild zu Gesicht bekommen, das reiche noch bei der Vernissage, findet Rudi. »Ich will nicht, daß der kneift«, sagt er eines Abends in einer Osteria beim Campo dei Fiori, »was weiß ich, was in seinem Kopf vorgeht, wenn er dreißig Erektionen sieht.«

»Der weiß doch, was auf den Bildern ist«, sagt Martin.

»Schon. Aber wissen ist nicht sehen.«

»Bei ihm bestimmt nicht.«

Rudi ist seltsamen Stimmungsschwankungen ausgeliefert. Mal beflügelt von der Aussicht auf die exquisite Ausstellung und mal deprimiert vor lauter Schuldgefühlen. Und manchmal ist er auch verträumt und transparent, und Martin sieht ihm wieder seine Sehnsucht an.

»Ich steig dann aus«, sagt Rudi nach einem dieser versonnenen Intermezzi. »Die Ausstellung mach ich noch, dann will ich die Frau nicht mehr hintergehen.«

»Frag sie doch mal, ob sie nicht als Arne weitermachen will. Immerhin hat sie Erfolg. Den könntest du ausbauen.«

»Vielleicht«, sagt Rudi schon wieder abwesend, »aber vielleicht bleib ich auch gar nicht in Rom.«

»Vielleicht kommt sie her?« sagt Martin in seinen Teller und quittiert Rudis erstaunten Blick mit einem kleinen Lächeln.

»Siehst du mir das an?«

Martin nickt.

»Macht's dir was?«

»Nein. Ich hab mal genauso ausgesehen.«

Rudi erschrickt vor der Traurigkeit in Martins Stimme und winkt dem Ober, um einen Espresso zu bestellen. »Bitte gib mir keine Ratschläge. Nur weil's mit euch nicht gutgegangen ist, muß es ja mit uns nicht schiefgehen.«

»Nein«, sagt Martin, »muß es nicht.«

Sie schweigen eine Zeitlang, bis Martin sich aufrafft, zu sagen, was er schon lange sagen will: »Bitte lad sie nicht ein zur Vernissage. Sie würde dir die Kränkung nicht verzeihen.«

»Ich weiß«, sagt Rudi ernst und müde. »Ich tu's nicht. Ich werde ihr das überhaupt nicht sagen. Diese ganze Arne-Boro-Geschichte.«

»Gut.« Martin hebt seine Espressotasse. »Auf die Vernissage.«

»Ja«, sagt Rudi, »Mittwoch nächster Woche.«
»Uns alle drei.«
»Ja.«

20.

Sie bewegte sich sehr langsam, als wolle sie sparen mit der Lust, die sie von Anfang an empfand. Martin paßte sich an und versuchte, sowenig wie möglich eigene Absichten beizutragen. Anne sollte über seinen Körper verfügen, ihren Rhythmus und ihre Fallhöhe bestimmen, er wollte sich einfügen in ihren Tanz, ein Partner, dessen Stärke man nie spürt, weil sie der eigenen nicht entgegenwirkt. Annes Augen waren starr auf den Spiegel gerichtet, ließen nie davon ab und folgten wie hungrig dem ständigen Wechsel der Lichtreflexe auf ihrer beider Haut.

Auch Martin war bald nur noch im Spiegel, denn immer, wenn er Anne direkt ansah, kam er sich zudringlich vor. Als schliefe nur die Frau im Spiegel mit ihm und sei die andere, vor seinen Augen, eine Fremde, die er heimlich belauschte. Er mied ihren Blick, als er sah, daß sie seinem auswich, und suchte nur noch ebenso wie sie den Spiegel ab nach Zeichen dessen, was er empfand. Und erlebte eine seltsame Verdoppelung. Er fühlte, was er sah, und sah, was er fühlte, und wußte irgendwann nicht mehr, ob sie Abbild waren oder Original.

Unvermittelt unterbrach Anne den Fluß ihrer Bewegung und entwand sich seiner vorsichtigen Umarmung. Auch jetzt unterschied er nicht mehr zwischen sich und dem Mann im Spiegelbild. Er kehrte nicht mehr aus dem Anblick zurück.

Sie bog und schob und drapierte ihn in eine andere Position und fügte sich wieder geschmeidig in die neue Figur. So ging es noch einige Male, und Martins geduldige Beherrschung führte dazu, daß seine Konzentration ihr Freiheit verschaffte und er sich erst in ihrer Raserei verlor. »Du kennst mich so gut«, sagte sie noch keuchend, »Wieso kennst du mich so gut?«

Es gab ihm einen Stich, als sie sich nach einigen Minuten erschöpften Ausatmens mit einem Klaps auf seinen Oberschenkel verabschiedete, zum Tisch ging, Zeichenblock und Rötel nahm und versuchte, das eben Gesehene festzuhalten. Und als sie bald darauf nach einigen Lauten der Unzufriedenheit den Block zu Boden warf und die Rötelkreide zwischen ihren Fingern zerbrach, dachte Martin: Das hätte ich dir gleich sagen können. So was gibt es nicht. Innen und außen zugleich kann man nicht sein. Aber ihm fiel ein, daß er noch vor Minuten im Spiegel gewesen war und daß Anne auch schon früher in höchster Erregung gezeichnet hatte, und er war sich nicht mehr sicher, ob er nur beleidigt und rechthaberisch daherdachte oder wirklich davon mehr verstand als sie.

Später schlief sie tief in seinem Arm, der langsam pelzig wurde, dann zu summen begann, um sich schließlich ganz aus Martins Wahrnehmung zu verabschieden. Er lag wach und folgte dem tanzenden Oval des Lichts der letzten Kerze an der Decke, bis auch sie erlosch.

Er war am Ziel seiner Wünsche angelangt. Wieso war er nicht glücklich? Weil sie die Liebe nur in Kauf genommen hatte, um das Bild zu sehen? Weil sie den Nachklang so rüde unterbrochen hatte, um geizig und eilig das Bild festzuhalten? Oder weil er nicht wußte, ob das, was vorhin geschehen war, noch einmal geschähe? Oder weil er einfach nur immer schwieg. Schon wieder schwieg, wie er immer geschwiegen hatte, alles hinnahm, nichts forderte und alle seine Träume wie Fehlverhalten oder peinliches Versagen für sich behielt, nichts in die Welt entließ und nach nichts, was er von der Welt, von Anne haben wollte, faßte?

Es geht nicht anders, dachte er, sie ist in der nächsten Sekunde weg, wenn ich anfange zu reagieren wie ein Mensch. Sie will mich nicht als Mensch, ich bin ja nur der Körper ihrer Ideen. Er schlief ein.

48.

Roys verschlafenes Gesicht ist noch ohne verächtlichen Zug, als er die Tür seines Pensionszimmers öffnet. Martin bleibt auf der Schwelle stehen. Mehr als unbedingt notwendig will er nicht ins Leben dieser Comicfigur eintreten. Er überreicht Roy einen kleinen Feuerlöscher und dreitausend Dollar. »Hier ist dein Airbrush«, sagt er, »paß auf, daß niemand was ins Gesicht kriegt.«

»Yeah, sure«, sagt Roy. »I know what I'm doing.«

»Gut«, sagt Martin und dreht sich um. »Mach's gut. Ich schick die Artikel an Sharon. Viel Glück.«

»See you«, hört er Roys Stimme noch hinter sich im Treppenhaus, aber die Antwort: das muß nicht sein, ist nur in seinem Kopf. Er beeilt sich nach draußen zu kommen. Ihm ist schlecht.

21.

Am nächsten Morgen erwachte er vom Rascheln des Zeichenpapiers und sah Anne, wie sie abschätzig ihre Arbeiten studierte.

Nach einem Blick über ihre Schulter verstand er die Enttäuschung, die sie ganz offenbar empfand. Auf den Skizzen war sein Körper in gewohnter Präsenz und Ausdruckskraft zu sehen, aber ihrer war die reinste Platitüde. Fast wie eine Modezeichnung. Floskelhaft, nicht weit entfernt von der Inhaltsleere eines Piktogramms stand der Frauenkörper in auffallendem Widerspruch zum Männerkörper. Es sah aus, als hätte ein Dilettant in den liegengelassenen Arbeiten eines Meisters herumgepfuscht. »Das geht so nicht«, sagt er, »du bist dir fremd.«

»Es geht jedenfalls nicht«, sagte sie, und die Traurigkeit in ihrer Stimme brachte ihn dazu, seine Hand auf ihrer Schulter mit tröstlichem Druck zu bewegen.

»Und wenn du Fotos nimmst?«

»Fotos sind tot. Ich kann nur vom Leben zeichnen.«

»Und wenn du dich selber vor dem Spiegel so gründlich studierst wie mich? Mich hast du gut erwischt, ich liege dir schon in der Hand. Du kannst mich aus der Erinnerung holen.«

»Dann muß ich meinen Körper ansehen. Tagelang oder wochenlang. Das ist unerträglich.«

»Dein Körper ist der schönste, den ich mir vorstellen kann.«

Sie machte ein verächtliches Geräusch und wischte seine Bemerkung weg. Immerhin, sie sah ihn diesmal wenigstens nicht an, als rede er vollkommen unverständliches Zeug. Diesmal war sie nur nicht seiner Meinung.

22.

Während der Rückfahrt schwiegen sie, wie sie dann über die ganzen folgenden Wochen und Monate hinweg schweigen sollten. Anfangs war das Schweigen ein höfliches von Martin und ein scheues von ihr, aber nachdem er beim Ausladen des Gepäcks vor der Wohnung fragte: »Wann warst du in Rom?« und sie antwortete: »Vor zwei Wochen. Zum ersten Mal«, verwandelte sich sein Schweigen in eines schockierter Verletztheit, denn ihm wurde klar, daß sich die erotische Offenbarung auf dem Forum Romanum nur wenige Tage vor ihrer Fahrt aufs Land ereignet haben mußte.

Sie schwiegen über Weihnachten und den ganzen Winter hindurch bis zum Frühling. Er kochte nicht mehr, sie zeichnete nicht mehr, brachte niemanden nach Hause, verreiste hin und wieder für Wochen und schien geduldig zu warten, bis er wieder schmerzfrei wäre, denn sie wußte genau, was er fühlte.

23.

Anfang April sah er drei Zeichnungen der Spiegelszene in ihrem Zimmer liegen. Sie waren gut. Annes Körper ebenso lebendig und pur wie sein eigener und beide in einer tänzerischen, ausdrucksstarken Sinnlichkeit erfaßt. Die Skizzen hatten eine enorme erotische Anziehungskraft. Sie waren zerrissen. Er sprach sie nicht darauf an.

24.

Ende April fand er in einer Buchhandlung beim ziellosen Herumblättern in Kunstzeitschriften eine Ausgabe, auf deren Titel er den Professor erkannte, der ihn so harsch hatte abblitzen lassen. Volker Hanisch. Der Mann, bei dem Anne das Tutorium machte. Mal sehen, was das Arschloch kann, dachte er und schlug das Heft auf.

Es war nicht sehr originell, was er sah, erinnerte an Horst Janssen und ein wenig auch an Hrdlicka, aber er verstand auch, weshalb Anne bei diesem Mann studierte. Er hatte Respekt vor menschlichen Körpern, benutzte sie nicht nur als Zeichen oder Füllsel, die Figuren waren Inhalt seiner Arbeit, nicht Vorwand.

In einem Kasten mit der Überschrift »Das erotische Œuvre« sah er sich und Anne! Fast erbrach er sich vor Entsetzen, und für einen Augenblick wußte er nicht mehr, ob er lag oder stand. Er mußte sich irgendwo anlehnen und stieß dabei drei großformatige Bücher um, die polternd zu Boden fielen. Den vorwurfsvollen Blick der Buchhändlerin, die gleich herbeirannte, um den Schaden zu beheben, bemerkte er nur wie durch einen Nebel. Er sah seine Fingerknöchel weiß vor Anstrengung um das Heft gekrampft und starrte auf die Gouachen. Alles, was er und Anne vor dem Spiegel getan hatten, alles, was in seinem Kopf seither wohl Hunderte von Malen aufgetaucht, verblaßt und wieder aufgetaucht war, hatte dieser Mann gemalt! Auch die drei zerrissenen Zeichnungen in Annes Zimmer waren hier fast detailgleich enthalten. Wie kam der daran? Hatte Anne für ihn skizziert? Martin riß die Seiten aus dem Heft, bezahlte und ließ es verstümmelt liegen, ohne die empörten und ängstlichen Blicke der Buchhändlerin wahrzunehmen.

Er holte den Wagen und raste zum Landhaus. Es war nicht schwierig, einzubrechen, nach wenigen Minuten war er drinnen, der marode Klappladen hatte ebensowenig Widerstand geleistet wie das Glas in der Tür.

Er sah sich um nach etwas Schwerem und griff schließlich nach dem Tisch, den er hochhob und mit Wucht gegen den Spiegel schleuderte. Die Scherben knirschten und klirrten unter seinen Schuhsohlen, als er in den schmalen Raum hinter dem Spiegel trat. Ein Büro oder Abstellraum vermutlich, dessen Tür zum

Flur führte und, nach Martins Erinnerung, verschlossen gewesen war. Da stand noch das Stativ mit der Videokamera, und es war nicht mehr nötig, eine Spiegelscherbe aufzuheben, um zu sehen, ob sie von einer Seite durchsichtig war.

25.

Die herausgerissenen Seiten warf er vor Anne auf den Küchentisch. Sie sah nicht auf, stützte nur ihre Stirn in die Hand und schwieg. »Ich hab es nicht gewußt«, sagte sie nach einiger Zeit so leise, daß er es fast nicht verstand, »damals nicht. Glaub mir doch wenigstens das.« Er drehte sich um und ging.

49.

Rudis Gesicht ist tränenüberströmt. Seine Hände vor den Schlüsselbeinen, als wolle er sie vor die Augen schlagen und bringe die Gebärde nicht zu Ende, zittern, und er starrt mit entsetztem Blick auf die sich auflösenden Bilder. Es ging alles sehr schnell. Weder Rudi noch die Gäste wußten, wie ihnen geschah, als Roy den kleinen Feuerlöscher von der Schulter nahm und die Bilder eilig und präzise eines nach dem anderen mit Säure besprühte.

Die Vernissagenbesucher, eben noch mit Plaudern, Gelächter und dem Betrachten der Bilder beschäftigt, stehen starr und weichen nur zurück, wenn Roy sie mit ausgestreckter Hand anweist, von der gefährlichen Substanz in seiner Flasche Abstand zu halten. Sie lassen es einfach geschehen. Rudi stürzt sich erst nach dem siebten zerstörten Bild auf Roy und tritt ihn so ins Kreuz, daß ein lautes Knacken ertönt und Roy, wie vom Blitz erschlagen, zu Boden geht.

50.

Martin tritt aus der Tür, geht über die Straße, zur Via del Corso, dann in Richtung Piazza Vittorio Emanuele, am Denkmal vorbei durch den dichten Verkehr und über die Via dei Fori Imperiali bis zum Eingang des Forum Romanum. Er stellt sich in die Reihe hinter eine Schulklasse aus dem Ruhrgebiet. Er wirft den gestohlenen Ausweis in einen Papierkorb. Er kauft eine Tageskarte. Er geht über den rötlichen Schotter. Er hat gehofft, es würde sich gut anfühlen. Das tut es nicht.

Eine Tragikomödie um Liebe, Macht und Macken

Simone Borowiak
Pawlows Kinder
Roman
264 S. • geb. m. SU • DM 39,80
ISBN 3-8218-0330-4

Irgendwo in der deutschen Provinz haben sich ein paar Lehrer einen Traum erfüllt und »ihr« Internat aufgebaut.
Als sie den ehemaligen Schüler Jordan einstellen, sorgt der mit seiner Vorliebe für verschrobene Schüler und pädagogische Extratouren sofort für Unordnung. Und eine komische wie tragische Geschichte nimmt ihren Lauf.

Mit der Leichtigkeit eines Tucholskys oder Kästner, doch einmalig und authentisch erzählt Simone Borowiak einen witzigen-gescheiten Roman, der den »Club der toten Dichter« zu neuem Leben erweckt.

Kaiserstraße 66
60329 Frankfurt
Telefon: 069 / 25 60 03-0
Fax: 069 / 25 60 03-30
www.eichborn.de

Wir schicken Ihnen gern ein Verlagsverzeichnis.